# No princípio era o mar

# Tomás González

# No princípio era o mar

Tradução
Fabiana Camargo

1ª edição

BERTRAND BRASIL
Rio de Janeiro | 2024

CIP-BRASIL. CATALOGAÇÃO NA PUBLICAÇÃO
SINDICATO NACIONAL DOS EDITORES DE LIVROS, RJ

G653p González, Tomás
No princípio era o mar / Tomás González ; tradução Fabiana Camargo. - 1. ed. - Rio de Janeiro : Bertrand Brasil, 2024.

Tradução de: Primero estaba el mar
ISBN 978-65-5838-304-8

1. Romance colombiano. I. Camargo, Fabiana. II. Título.

24-92874 CDD: 868.993613
CDU: 82-3(862)

Gabriela Faray Ferreira Lopes - Bibliotecária - CRB-7/6643



Título original: Primero estaba el mar

Texto revisado segundo o Acordo Ortográfico da Língua Portuguesa de 1990.


EDITORA BERTRAND BRASIL LTDA.
Rua Argentina, 171 — 3º andar — São Cristóvão
20921-380 — Rio de Janeiro — RJ
Tel.: (21) 2585-2000,
que se reserva a propriedade literária desta tradução.

*No princípio era o mar. Tudo estava escuro.*
*Não havia sol, nem lua, nem gente, nem animais, nem plantas.*
*O mar estava em toda parte.*
*O mar era a mãe.*
*A mãe não era gente, nem nada, nem coisa alguma.*
*Ela era o espírito do que viria e era*
*pensamento e memória.*

COSMOLOGIA KOGUI

# 1

A BAGAGEM IA EM CIMA, no teto do ônibus. Eram duas malas de couro com as roupas de ambos, um baú quadrado com os livros dele, e a máquina de costura dela. Tudo viajava entre cachos de banana, fardos de arroz, pacotes grandes com panelas — envoltos em folhas secas de bananeira — e outras malas.

Elena e J. iam para o mar.

Pararam em povoados poeirentos. Elena e J. desciam do ônibus, entorpecidos, e tomavam café em estabelecimentos com cheiro de mictório; indivíduos pançudos se sentavam ali para inundar suas infinitas tripas com a cor dourada da cerveja. Pararam em postos de gasolina hostis e sujos, com filtros descartados e latas de óleo vazias pelos cantos. O ônibus botava gasolina e pegava a estrada de novo. Durante o dia, recolhia gente que entrava carregando galinhas hipnóticas; à noite, entravam indivíduos sem bagagem de lugares despovoados e escuros, que desciam vinte ou trinta quilômetros mais adiante, em locais igualmente despovoados e escuros. Silenciosos, usavam um facão na cintura e um chapéu sujo e velho na cabeça.

Quando o ônibus chegou ao porto, o mar não apareceu magnífico e azul. Era um porto sobre uma baía que mais parecia um canal, e o canal era sujo, media três quilômetros e desembocava no mar. Às quatro da tarde, o ônibus chegou à praça. Não se via a água de nenhum lado, embora se sentisse o odor de salitre misturado ao fedor das tubulações. No centro da praça, havia amendoeiras gigantes, sobrevoadas por milhares de gaivotas. Em volta das árvores, sentadas nos espaldares dos bancos, havia pessoas conversando. Os bancos eram de granito e pareciam carcomidos por baixo. Nos quiosques, sob as árvores, vendiam-se sucos de frutas; mamões-papaia abertos, rodeados de moscas, mostravam barrigas repletas de sementes; grandes frascos continham a carne das mangas em cubinhos, pronta para ser posta no liquidificador.

Ao redor do ponto central da praça, ficavam os jipes. Havia alguns novos, mas em sua maioria eram Willys esfarrapados, meio carcomidos pela maresia, bem como Gaz ou Carpati caindo aos pedaços. Os novos possuíam cabines metálicas e exibiam ventiladores de pás de plástico, vermelhas ou azuis, sobre o painel; os outros tinham um santo sujo e desbotado ao lado da direção, e, cobrindo tudo, uma lona com remendos e desbotada.

As ruas do parque, agora empoeiradas, ficavam pantanosas quando chegava a chuva. Havia muito trânsito: veículos abarrotados de pacotes chegavam à praça, jipes com gente dependurada saíam da praça. Entravam ônibus pintados de cores intensas com o teto lotado de galinhas vivas, baús multicoloridos de lata e cachos de banana.

Os edifícios da praça, em sua maioria armazéns e cantinas, eram quadrados, de cimento e tijolo, com telhas de zinco ou de amianto. Não tinham nem graça nem adorno, e suas paredes eram sujas. Era uma gente feia que formigava na praça. Os brancos, comerciantes barrigudos e desbocados, tagarelas, exibiam um tom amarelado na pele; já nos negros, criados longe das praias, onde o peixe era acessível, a dentadura começava a apodrecer precocemente.

— Encarregue-se de descer as coisas, que vou ver como é que funciona essa lancha — disse ele.

— Pode deixar! — disse Elena. — Força aí com as nossas coisas, irmão! — gritou ao ajudante.

A máquina de costura, único móvel que conservava do seu primeiro casamento, havia viajado quase vinte horas no teto do ônibus. A caixa de madeira que a guardava estava protegida por papelão preso com fita adesiva e barbante; os pés e o pedal vinham descobertos.

Sem alarde, caiu tudo no chão.

A princípio, Elena insultou o ajudante de um modo atropelado e confuso, depois começou a insultá-lo com calma, introduzindo os palavrões com uma suavidade venenosa.

— Foi sem querer, dona — disse o ajudante sem mais explicações.

# 2

J. SAIU DO PARQUE E se embrenhou pelas ruas poeirentas. Caminhou algumas quadras, as casas de alvenaria desapareceram e agora viam-se construções de madeira montadas sobre pilares curtos; embaixo deles, porcos, crianças e galinhas. Chegou ao porto. Ali estava a água. No entanto, era água quieta, a não ser por uma lenta ondulação oleosa. Não havia uma só gaivota, nem um só ganso-patola nem nada que lembrasse o mar. Amarradas a pequenos cais de madeira, carcomidos e sedentos, verdes de limo nas faixas diretamente tocadas pela água, inflados pela umidade nas partes que a maré alta cobria, queimados e lascados pelo sol nas plataformas, ficavam as lanchas. Eram longas e estreitas, pintadas com cores vivas — que um dia tiveram —, e pareciam sobrecarregadas por grandes motores fora de borda. Em algumas, negros vestidos com apenas um jeans recortado ocupavam-se do intestino de seus motores, com expressão de infinita importância na cara, enquanto suavam copiosamente.

— O senhor é o dono da lancha? — perguntou J. a um deles.

— É minha, mas está quebrada — disse o negro sem levantar a cabeça.

— Com quem podemos falar para que nos levem a Severá?

O outro não respondeu imediatamente, mas continuou manipulando a pança do motor.

— Quantos são? — perguntou por fim.

— Dois.

— Quanta bagagem vocês têm?

— Um baú pesado, duas malas e uma máquina de costura — disse J.

Outros três barqueiros se aproximaram.

— Para onde vão?

— Para uma fazenda.

— Quanta bagagem vocês têm?

— Um baú e outras tralhas — disse J. com desânimo. Sabia que já tinham ouvido a conversa com o sujeito do motor.

Quando outro barqueiro veio e perguntou quantos eram, J. começou a se exasperar. Nesse momento o sujeito da lancha enguiçada trepou com agilidade no cais e se aproximou.

— Julito leva vocês — disse.

— Julito! — exclamaram os outros.

— Vamos — disse com rispidez o do motor.

J. o viu andar, na frente, pelas ruas poeirentas. Depois de três quadras, saíram na praça do mercado, que era uma construção grande, com telhas de amianto. De um lado da praça, havia um caminhão sendo abastecido com peixe fresco; o motorista, recostado numa parede, olhava o andamento com displicência. Nas janelas do caminhão, adesivos multicoloridos com mulheres de biquíni e chapéus de caubói.

— Quanto pode nos custar o expresso? — perguntou J. enquanto se embrenhavam na praça do mercado, caminhando agora sobre tábuas que estavam no chão.

De ambos os lados do corredor de tábuas ficavam as barracas de grãos. Toda hora J. precisava sair do caminho para deixar passar os homens que, sobre um pano vermelho, carregavam pacotes nos ombros.

— Depende.

— Depende de quê? — perguntou J.

— De Julito — disse o negro.

Depois de passarem pelas barracas de grãos, chegaram às de peixe frito. Mulheres grandes e suadas deixavam cair grossas postas de peixe em frigideiras descomunais. O peixe frito era colocado em bandejas de madeira, que serviam também de vitrine. Lá as postas começavam a esfriar, ganhando um certo ar mineral, enquanto largos medalhões de banana frita caíam ao lado delas. J. estava com fome e pensou na comilança de peixe e *patacón* que seria depois de resolver o tema da lancha.

Finalmente, quase no fim das barracas de peixe frito, viu como o negro se metia numa das barracas. Quando entrou, o viu sentado ao fundo. Na frente, uma gorda mal-encarada cortava com um facão enorme a ponta de algumas bananas verdes. O barqueiro conversava com um indivíduo baixo, também negro, numa das mesas que serviam de refeitório. Ao todo, havia cinco mesas longas, cercadas por bancos também longos, tudo pintado de verde-claro. Além do barqueiro e do homem baixo — Julito, certamente —, não havia outro cliente a não ser um velho tomando um caldo de batata com miúdos.

Era Julito, porque J. chegou à mesa e o indivíduo se levantou com toda a solenidade:

— Julio Alberto Gutiérrez — disse, estendendo-lhe a mão —, seu criado e amigo.

Era miúdo e musculoso, tinha uns quarenta anos e olhos claros. Quando pediu um copo à gorda, J. deduziu, pelo tom, que era dono da barraca e possivelmente marido ou concubino da mulher. Ofereceu-lhe uma cachaça horrível, que J. aceitou.

— *Cumpade* Jesús me dizia que vocês precisam de um expresso — disse.

— Com licença, senhores — disse o *cumpade* Jesús, retirando-se. Na saída, perguntou à mulher sobre a saúde de um familiar e ela respondeu que continuava igual. "Mal, mal", disse a ela o *cumpade* Jesús.

— Vamos para uma fazenda em Severá — disse J.

— E quantos são?

J. disse que dois e mencionou o baú, as malas e a máquina.

— Saúde! — desejou então Julito, bebendo de um trago só a sua aguardente.

J. tomou metade da sua.

Julito estava bêbado. Com muito orgulho e muitas palavras fez ele saber que tinha três lanchas e que a barraca de frituras era sua; que, além da gorda — agora dedicada a amassar troncos de bananeira com uma pedra —, tinha outras três mulheres; que estava bêbado, mas era um cavalheiro, e que J. também era um cavalheiro.

Tornou a encher os copos sem esperar que J. tomasse o que havia restado do brinde anterior. Levantou seu enorme trago, disse "Saúde!" e bebeu tudo. Então voltou a contar de sua vida: jurou que seis anos antes não tinha um centavo e não tinha onde cair morto, e agora possuía três lanchas, casa, quatro mulheres e uma barraca de fritura.

— E quanto pode nos custar o expresso? — perguntou J., atento, quando sentiu que Julito começava a se repetir.

— Para sair quando?

— Anteontem.

— Hoje não dá mais pra sair, é tarde. Se quiser, saímos amanhã cedo.

— Fechado — disse J.

Inicialmente pediu trezentos pesos. Depois de um curto regateio, J. conseguiu que fizesse por duzentos e cinquenta. Combinaram a hora e tomaram outro trago. Quando J. se despediu, Julito se levantou cambaleante e o abraçou.

# 3

A MÁQUINA DE COSTURA HAVIA quebrado. Depois de insultar o ajudante, Elena foi se queixar no escritório, onde foi atendida de má vontade por um crápula que comentou que essas coisas podiam acontecer com qualquer um. Ela ficou ainda mais enfurecida e respondeu que a empresa era uma merda. O homem — que na verdade era mais insignificante do que crápula — disse-lhe:

— É uma merda, estou te dizendo.

Ela ameaçou se queixar no escritório principal de Medellín.

— Lá a merda é ainda maior do que aqui, senhora — opinou o sujeito.

— Vocês vão se lembrar de mim, seus filhos da puta — disse Elena saindo.

— Sem dúvida, senhora, sem dúvida.

Quando J. regressou ao parque, vinha com a aguardente flutuando nos ossos. Antes de voltar, entrou numa cantina, onde tomou um duplo, ajudando com soda.

Elena, morena, não muito alta, de minissaia branca, estava parada ao lado da bagagem.

— O que é que foi? — perguntou ele.

Ela apertou os olhos. Sem olhá-lo, contou o episódio da Singer destroçada. Seus dentes relampejavam, afiados e brancos.

— Esse eu mandava pra rua, pra rua! — disse.

Com a aguardente cintilando nos olhos, J. segurou o queixo de Elena entre o polegar e o indicador, inclinou-se, tocou-lhe a bochecha com a barba, disse algo para acalmá-la e beijou sua orelha.

Ela conteve a raiva e perguntou pela lancha; a questão da máquina era uma ofensa pessoal que já veria como resolver.

— Pronto — disse ele. — Saímos amanhã às seis.

Era preciso arranjar hotel. Perguntaram a um dos carregadores de bagagem que pululavam ao redor dos ônibus.

— O melhor — disse ela.

— Bom, melhor, melhor, não tem. Se quiserem, levo vocês ao Internacional.

Tinha uma bandana vermelha amarrada na testa, não usava camisa e suas costas cor de chocolate estavam cheias de suor; começou a carregar o carrinho de mão com as coisas.

— Cuidado com a máquina, irmão — pediu Elena.

O hotel era quente e escuro. Uma gorda grande estava na recepção. De seus braços a carne se dependurava flácida, e os seios no decote, ao se juntarem, formavam um sulco profundo. Em cima da mesa da recepção, havia uma campainha minúscula e o livro de assinaturas. Do teto, pendia um ventilador enorme, que girava lentamente. Tudo cheirava a urina de gato, mas não havia um só gato ali. Diante da gorda, um ventilador pequeno, de plástico, ronronava bem na direção de seus peitos amarelos.

— Quantos dias vão ficar?

— Saímos amanhã.

— Assinatura e identidade aqui. Amanda!

Enxugava o pescoço pelancudo com um lenço pequeno, azul.

O ser que era chamado de Amanda surgiu. Usava uma camiseta masculina e uma calça branca muito apertada; os ombros, que não eram largos, ostentavam músculos dourados, rijos e potentes; as formas do sutiã pareciam pétreas no peito; um volume grande, rigidamente aprisionado pela calça, seu sexo, ganhava lugar naquele corpo esbelto e estranho.

— Na oito! — gritou a gorda.

Em algum pátio invisível, um papagaio começou a gargalhar. A bagagem ficou ao lado da mesa da recepção.

— Aqui está seguro — disse a mulher.

A oito ficava no final de um longo corredor. No caminho, puderam ver o pátio, onde um louro de cauda roída caminhava sobre um pedaço de pau embutido na parede, percorrendo-o de uma ponta a outra com algo que mais parecia angústia.

A suíte oito eram dois catres limpos, com flores pintadas nas cabeceiras e uma jarra d'água na mesinha lateral. Um ventilador quieto pendia de dois fios de arame. Amanda mexeu num interruptor e o ventilador começou a bambolear com lentidão, inundando o quarto com um ar quente e cansado. O suor escorria pelo pescoço de J.

— Calor do caralho — disse.

Às quatro da manhã, acordaram com a grande algazarra que a gorda e Amanda faziam na cozinha: abriam e fechavam torneiras, deixavam cair caçarolas, a gorda brigava com Amanda, mudavam a emissora de rádio e o louro gargalhava.

Tomaram banho num banheiro comprido, cheio de musgo e pedacinhos de sabão nos cantos.

Eram quinze para as seis quando Julito chegou ao cais. Cumprimentou-os rapidamente, sem a bajulação que tinham visto no dia anterior, e, com seu ajudante, passou a arrumar as coisas para a viagem.

O ar estava fresco, o céu, limpo; ao redor dos motores, formou-se um pequeno arco-íris; um cheiro de gasolina misturado com o de águas escuras vinha do mar; não soprava a mínima brisa.

Julito e seu ajudante agiam com movimentos seguros e rápidos. Colocaram a bagagem na lancha, amarraram-na bem e a cobriram com um plástico grosso transparente. Trabalhavam sem falar. Quando Elena perguntou se a máquina de costura poderia se molhar, Julito não respondeu nada.

Uma vez embarcada a bagagem, o ajudante, de pé na popa, disse a Elena "suba, dona", e lhe estendeu a mão. Ela se sentou nas tábuas do píer e se deixou cair na lancha. Quando a embarcação virou um pouco de lado, Elena perdeu o equilíbrio. O ajudante precisou então agarrá-la pela cintura para que não caísse na água. Era hábil: agarrou-a, endireitou-a e espiou seu decote, tudo ao mesmo tempo. "Puta merda", pensou, "está sem sutiã!".

Quando Elena recobrou o equilíbrio, ele soltou sua cintura e a segurou pelo cotovelo.

— Sente-se na frente — disse.

Elena começou a engatinhar na direção da proa. Sentada, ainda se agarrava com força à borda da lancha.

J. se sentou ao seu lado, tirou uma garrafa da mochila e lhe ofereceu um trago.

— Ainda tenho o café da manhã aqui — disse ela, apontando para a boca do estômago.

— Isso vai te acalmar.

Elena tomou um gole grande que lhe queimou a garganta.

— Aceitam uma pinga? — perguntou J. aos barqueiros.

— Com certeza — disse Julito, recebendo a garrafa e olhando J. com olhos sorridentes.

A lancha arrancou, solene. Os dois motores Evinrude grunhiam suavemente. À medida que ganhavam velocidade, a brisa batia em seus rostos com força. Uns quinze minutos depois, quando saíram daquela baía, ou espécie de canal sujo, e entraram em mar aberto, J. sentiu uma grande luz acendendo em seu estômago.

Foram quatro horas e meia de viagem. O mar esteve calmo o tempo todo, e a água mal respingou neles enquanto a lancha avançava sobre as ondas de médio porte.

— A CASA FICA NA FRENTE daquela ilha — disse Julito.

Elena e J. não viram apenas uma, mas três minúsculas ilhas paralelas à praia onde estaria a casa.

— De qual delas, Julito? — perguntou Elena.

— A que tem palmeiras, dona.

Era meio-dia. O sol, reverberante, caía em cheio sobre o mar verde-escuro. J. usava um chapéu branco, de palha; ela, um boné verde. Perto da praia, bandos de gansos-patolas despencavam nas águas. Ao redor das ilhas, gaivotas sobrevoavam.

Ao adentrar a baía, os motores foram se suavizando e J. começou a sentir, sob seu corpo, não mais a velocidade da lancha, mas o balanço do mar.

Na base da montanha, já em terra firme, ficava a casa. Desmantelada e grande, construída com tábuas, a parte de trás se apoiava na terra e a da frente se mantinha sobre colunas de tijolo. O teto era formado por duas águas longas nas laterais e uma na frente, que nascia três metros abaixo da cumeeira e cobria uma varanda ampla, que dava para o mar. A meio metro da cumeeira, havia uma espécie de claraboia que lembrava um sótão. Mas ali não havia sótão. Os cinco quartos da casa terminavam diretamente nas telhas de zinco do teto, e o que parecia claraboia era somente um buraco redondo, coberto por uma tela de ferro enferrujada e partida.

O desembarque, no entanto, não foi feito em frente à casa. Julito disse que ali havia muita pedra e que a lancha podia quebrar. Chegaram a uma pequena praia de areia branca e água muito quieta, a umas duas quadras da casa. O ajudante deixou-se cair na água, que nesse local lhe chegava à altura dos joelhos, e empurrou a proa para a areia.

— É melhor você tirar o sapato antes de descer — disse J.

Os dois se descalçaram. Com os sapatos na mão e a calça arregaçada até os joelhos, J. pulou da lancha. Caminhou até a margem, deixou os sapatos a salvo e voltou para auxiliar

Julito e seu ajudante, que tentavam varar a embarcação. "Um, dois, três", dizia Julito, e todos davam um empurrão. Quando a proa ficou firmemente presa na areia, Elena saltou na praia e correu para que a onda não a alcançasse; assim que chegou ao seco, sentou-se num tronco e acendeu um cigarro. J., por sua vez, recolheu as malas de mão e as levou à praia; depois voltou, jogou uma mala no ombro e foi até onde Elena estava. Quando descarregou a outra, o ajudante já havia descido o baú.

— O que o senhor leva aqui, chefe, um morto? — perguntou.

— Livros — respondeu J. secamente.

Sobre o ombro de Julito e sob o olhar atento de Elena, a Singer saiu do mar com os pés virados para o céu, como um enorme marisco. Quando toda a bagagem estava na praia, J. perguntou:

— Então como é que fica, Julito, levamos as coisas à casa?

Julito disse que não. Alegou que estava tarde e o mar podia ficar feio na volta. J. lhe pagou.

— Agradecemos, mestres — disse. — Que voltem bem.

— No caminho ajudarão vocês com as coisas, chefe.

— Sem dúvida, irmão, não se preocupe. *Podem ir-se*, senhores.

Os barqueiros o olharam com simpatia e tomaram um longo trago. Então empurraram a lancha até que ela flutuou de novo.

— Quando precisar de mim, chefe, já sabe: Julio Gutiérrez, seu criado e amigo.

— Leve o que sobrou, Julito, para não se entediar na volta — disse J., jogando a garrafa, que o outro recebeu, ágil.

Subiram na lancha. O ajudante puxou a polia de um dos motores, que começou a soar suavemente, depois ligou o outro. Os motores rugiram com força e a lancha adentrou o mar.

— Que filhos da puta! — disse Elena.

— Você queria o quê? Que pegassem a noite pra nos ajudar?

J. sacudiu a areia dos pés com as meias e calçou os sapatos.

— Espera aqui que vou ver quem pode nos dar uma força — disse, e começou a caminhar na direção da casa. Ela ficou olhando o mar, fumando, pensando com raiva na cachaça que J. tinha dado aos sujeitos da lancha.

Ao caminhar na direção da casa, a areia começou a grudar nos sapatos dele; tirou-os e continuou andando descalço pela praia.

As ondas molhavam seus pés. Gostava da sensação da água no corpo. Olhou o mar. Pensou em dar um mergulho depois de organizar as coisas.

— Olá! — gritou já da varanda.

— Olaaaá! — respondeu uma voz de mulher da parte de trás da casa.

Foi então, com os sapatos na mão, em direção ao lugar de onde vinha a voz. Na parte traseira, havia um puxadinho baixo com teto de palmeira. Sobre um fogão a lenha, uma panela grande, na qual algo fervia, subia a tampa e a deixava cair, e a espuma esguichava nas brasas. Sobre uma boca apagada, havia uma jarra de chocolate quente com o aerador dentro. Uma mulher negra, sentada na cadeira encostada ao pilar, com os calcanhares nus apoiados no suporte para pés, dava de mamar a uma criança.

— Com licença — disse J.

— A casa é sua. Pode entrar.

A criança, nua, corpulenta, mamava com placidez. Uma das mãos da mãe, grande, com uma aliança de ouro, a segurava pelas nádegas. Os joelhos dela eram negros, brilhantes e redondos; os seios, caídos. Era jovem. A cabeça calva da criança era negra e brilhante também.

Quando J. lhe explicou quem era, ela disse que não o esperavam tão cedo, que, sim, dom Carlos disse que tinha vendido a fazenda e que os novos donos estavam pensando em morar nela, mas que provavelmente só chegavam lá para julho.

— Manhê! — gritou. — Manhê...

Ouviu-se um ruído rápido de pés sobre o assoalho, e apareceu um menino de uns oito anos, descalço e sem camisa.

— Vai lá e avisa a seu pai que dom J. chegou. Corre!

O menino saiu disparado, sem dizer uma palavra. Dez minutos depois, chegou o pai, acompanhado de outros três negros. Era baixo e forte; seu cabelo, começando a embranquecer, dava-lhe uma aparência digna e séria.

— Não esperávamos o senhor tão rápido — disse. — Gilberto Rendón, o capataz.

J. estendeu-lhe a mão. Aos outros deu um "olá", e eles responderam.

— Na mala tenho uma carta para você, Gilberto — disse J. — Nossa bagagem ficou lá na praia.

Os homens saíram para buscar as coisas e J. ficou na varanda. A dez metros da casa, havia uma praia pedregosa; pedras médias, pedaços de caracóis e cascalhos de coral faziam, no bater das ondas, um ruído de cascavel, como se fossem maracas. "Aqui deve ter ouriço", pensou.

Num pequeno pasto, do lado esquerdo da casa, diante do mar, havia mangueiras. Uma delas, especialmente grande e harmoniosa, chamava atenção. Era muito frondosa. Seus galhos baixos haviam sido quebrados à altura do gado que pastava por ali. "Era assim que eu imaginava a árvore do bem e do mal", pensou J. Uma vaca zebu com sua cria se escondia do sol à sombra dela. "Deve estar ali para a ordenha… Mas é melhor deixar esse pasto para os canteiros e para plantar laranjas ou o que seja. Não colocar os canteiros debaixo das mangueiras. As pessoas vão pisá-los quando vierem colher as mangas. Enfim… É preciso fazer um inventário do que tem na casa, ferramentas etc."

Levantou-se e entrou na casa.

Cheirava a mofo. Uma revoada de morcegos começou a esvoaçar ao longo da cumeeira. J. tentou, com a mão, soltar uma das tábuas que trancavam as janelas, mas não conseguiu. "É preciso um martelo ou um vergalhão", pensou. Continuou revisando a casa desordenadamente e, num dos quartos, apoiado na parede, viu um amontoado de catres de madeira. Abriu um deles e, sobre o colchão, escurecido pelo passar do tempo, existiam restos de fezes, de rato ou morcego. Apenas três catres tinham colchões, os demais eram só o estrado.

No chão havia jornais amarelados, revistas de fofocas e *Seleções*, de Reader's Digest, meio comidos pelos ratos. Também havia lampiões espalhados no peitoril das janelas e no chão. Num dos quartos dos fundos, que não tinha janela, J. encontrou várias chaves inglesas enferrujadas, três pulverizadores de cobre amassados e uma infinidade de plásticos rasgados e pedaços de arame.

Munido de uma chave inglesa, voltou ao quarto onde estavam os leitos.

Quando abriu a janela, a luz do meio-dia entrou como uma explosão. Uma lagartixa escapuliu, cintilando, pela janela. A visão do mar de dentro da casa chegou-lhe ao estômago, e se sentiu feliz.

"Este vai ser o quarto", decidiu, e começou a chutar jornais e revistas na direção da porta. "Tem de dedetizar também."

Nesse meio-tempo, os outros chegaram com as coisas.

— Ponham tudo aqui! — gritou J. do quarto.

O baú, a máquina e as malas foram descarregados.

— Dividam entre vocês — disse J., esticando uma gorjeta a Gilberto.

Gilberto não olhou a nota, nem disse nada, mas a guardou dobrada no bolso da camisa. Usava uma bermuda vermelha, sandálias de couro e uma camisa ligeiramente azul cujas mangas haviam sido arrancadas.

— O senhor ia dizendo que dom Carlos tinha me enviado uma carta? — perguntou. J. abriu uma das malas, tirou a carta e a entregou. Sem abri-la, Gilberto a dobrou e a meteu também no bolso da camisa.

Elena não havia entrado na casa. Sentada numa das cadeiras de madeira da varanda, olhava o mar enquanto pensava que os da lancha tinham abusado. Estava com calor. Sentia a pele pegajosa e os pés quentes. Tirou o sapato e a meia, que havia posto outra vez na praia, antes de caminhar até a casa. "Preciso pegar minha sandália na mala", pensou. "Vou tomar banho e colocar um vestido limpo... É preciso varrer isto aqui."

— Dom Carlos comentou que você poderia trabalhar para nós — disse J.

— Sem dúvida — afirmou Gilberto. — Dom Carlos eu conheço de muitos anos; grande patrão.

Combinaram o salário. Também ficou acordado que, de cada compra feita por J., a mulher de Gilberto cozinharia para eles e para sua própria família. Era o acordo que sempre tivera com dom Carlos, o antigo proprietário.

À noite, a mulher deu a eles café, bananas fritas e uma posta de robalo. Tiveram que dormir separados, cada um num leito.

— Temos que inventar uma boa cama — disse J. antes de dormir.

Às três da manhã, o barulho das telhas de zinco soltas, batendo no teto com o vento, o despertou. Meia hora depois estava dormindo de novo.

# 5

Nos primeiros dias, Elena ficou numa atividade quase frenética. Sendo uma pessoa a quem a mania de limpeza, assim como o orgulho pela limpeza, passavam de geração em geração, a bagunça e a poeira que encontrou na casa, de certa forma, a agradavam. No dia seguinte à sua chegada, depois de varrer o quarto no qual iam dormir, depois de acomodar a roupa de ambos em prateleiras previamente lavadas com bucha e detergente, pôs-se a limpar os banheiros. Enquanto a mulher de Gilberto, apoiada na moldura da porta, carregava o menino — que parecia não querer largar jamais de seus peitões — e a olhava, Elena arremessava dos banheiros telas podres, frascos carcomidos pela ferrugem e pedaços de mangueira. Parecia que estavam usando os banheiros como depósito de todas as coisas potencialmente úteis ou inúteis que se podiam encontrar nos duzentos hectares da fazenda.

As coisas que Elena atirava iam caindo aos pés da mulher de Gilberto, que, sem deixar de apoiar o ombro na moldura da porta, mexia nos escombros com o pé, para examiná-los. Então olhava para a outra com sonolenta curiosidade.

— Quanta merda! — disse Elena com raiva.

Finalmente os banheiros ficaram limpos. Na casinha onde estava a privada, agora havia um rolo de papel higiênico pendurado num arame na parede; o teto, livre de teias de aranha, o chão, varrido. No chuveiro havia sabão para o banho e duas toalhas penduradas por trás da porta; na pia que havia na varanda, sabão e toalha.

Apesar disso, tais progressos foram a princípio mais formais do que reais. Tratou-se mais de uma tomada de território do que de um avanço, pois o enorme tanque de cimento, colocado numa cama de tijolos sobre o barranco, atrás das casinhas, não tinha fundo; além disso, a mangueira que devia transportar a água de uma nascente a três quadras da casa estava podre.

De modo que não existia água corrente. Diariamente Elena e J. tinham de pegar sabão e toalhas e ir até a nascente, onde se banhavam com roupa de praia, molhando-se com uma gamela.

— É urgente botar para funcionar o chuveiro — disse ela no primeiro dia, enquanto secava os pés para calçar as sandálias.

Na nascente sempre havia um burburinho de pássaros, e muitas vezes eles viam bandos de micos alvoroçando-se entre as árvores. A água era extremamente clara e leve. Na volta, J. costumava se deter um pouco sob a mangueira; pegava então algumas frutas e as comia de pé, à sombra da árvore, enquanto observava Elena, o cabelo molhado brilhando ao sol, a toalha numa mão, o xampu e o sabão na outra, afastando-se em direção à casa. E, mesmo depois que comprassem tanque e mangueira, e a água chegasse ao chuveiro, ele continuaria, até o fim, tomando banho naquela pequena corredeira transparente.

Quando Elena quis colocar a cozinha em ordem, descobriu que esse provavelmente era o único lugar limpo da casa. As panelas eram velhas, sim, e, apesar de se cozinhar a lenha, muito brilhantes. A pouca mercadoria que havia estava cuidadosamente disposta em prateleiras limpas, embora escurecidas pela fumaça. Não se via rastro de formigas ou baratas.

— Limpa pra caralho — foi sua opinião inicial sobre a mulher de Gilberto.

Dos quartos, saiu poeira em quantidade. Elena tirou ninhos de ratos, pedaços de papel embutidos entre as tábuas, guimbas de cigarros, baratas secas e esqueletos de morcego.

— Há quanto tempo não se faxina por aqui? — perguntou à mulher de Gilberto.

— Bom, em dezembro do ano passado, a senhora Clara fez a mesma coisa que a senhora está fazendo agora...

— E você a ajudou nessa ocasião?

— Bom, é que eu estava de resguardo, sabe?

Elena logo entendeu que a outra só se importava com a limpeza da cozinha, da roupa e de seu próprio quarto. O resto podia desabar se quisesse. Durante todo o tempo da limpeza, ficou perseguindo Elena pela casa, sempre com o menino pendurado nos peitos. Mais exasperada do que curiosa, Elena tentava falar com ela, mas a mulher, apesar de simpática, não parecia muito falante.

— Qual é seu nome? — perguntou a ela, enquanto metia lonas podres e plásticos rasgados numa caixa de papelão.

— Eu me chamo Mercedes — respondeu. Sorriu e não disse nada mais.

Para arrematar o trabalho, Elena, armada de um pulverizador e com um lenço na cara, descarregou nos quartos verdadeiros litros de inseticida.

— Se você continuar soltando veneno assim, vão nos encontrar zanzando feito baratas nesta casa — disse J.

As baratas caíam de todas as partes e faziam barulho ao bater nas tábuas. Elena juntou uma leva de insetos mortos e, orgulhosa, chamou J. para ver.

— O Anjo Exterminador é fichinha comparado com você — disse ele.

No fim, via-se uma imensa pilha de descarte crescendo na praia. De noite fizeram dela uma fogueira gigantesca.

Como o inseticida demorava a se dissipar, tiveram que dormir na varanda, Elena num catre e J. — que via nessa a melhor forma de escapar às repugnantes baratas moribundas — numa rede. Ela dormiu de imediato, ele ainda ficou um pouco acordado, bebendo cachaça na boca da garrafa e olhando as brasas que faiscavam na escuridão da praia.

# 6

A CASA ESTAVA PRONTA AGORA, extraordinariamente limpa, arrumada e vazia. A máquina de costura permaneceu sozinha num dos quartos. Ficara seriamente avariada na queda, e sua presença ali passou a ser mais um símbolo do que qualquer outra coisa.

— Deixa, que, quando formos a Medellín, vamos conseguir o pedal completo — disse J., mais para acalmar a mágoa de Elena do que por considerá-la verdadeiramente importante.

No quarto deles — oito dias cheirando a detergente e inseticida —, havia agora dois catres, o armário com a roupa e o baú com os livros. Na parede um quadro, pintado por um irmão de Elena, que reproduzia um entardecer sobre os Andes visto de uma cela da cadeia de La Ladera; também uma pintura a óleo de uma mulher entregando-se ao mar. Dois anos antes, de porre, J. havia queimado suas reproduções de Modigliani, Picasso e Klee, e desde então já não queria ter bom gosto; seu apartamento de Envigado fora se transformando, pouco a pouco, numa pequena galeria de arte ruim, de conteúdo pobre.

O outro quarto, onde mais tarde funcionaria a loja — e onde, mais tarde ainda, seria lavado o cadáver —, estava completamente desocupado. J. evitava entrar nele, pois sentia uma espécie de vertigem perante seu vazio. Assim, tentando lutar contra isso, pendurou ali uma rede em que ninguém nunca se deitava.

— O quarto de hóspedes — disse Elena.

J. agora passava o dia todo de sandálias e bermuda.

Já havia inventariado as ferramentas — não encontrou grande coisa — e tinha percorrido o pasto na companhia de Gilberto. Soube então que, das trinta e cinco cabeças de gado compradas com a fazenda, três haviam se perdido e duas morrido. O restante estava fraco e com carrapatos. Os currais clamavam por uma limpeza e as cercas deviam ser consertadas se quisessem evitar mais perdas. Combinou com Gilberto a reparação das cercas e a limpeza e fumigação dos currais.

Porém, o primeiro trabalho que tiveram foi com a cama. Para isso, utilizaram umas tábuas grossas e sem polir que estavam debaixo da varanda. Eram longas e J. disse:

— Faça ela de dois por dois, Gilberto.

O homem arregalou os olhos. Nunca em sua vida ouvira falar de uma cama tão grande.

O resultado foi um leito mais do que duplo, sólido como um altar. Era uma espécie de pranchão com cabeceira, para o qual seria necessário comprar quatro colchões simples, dois para cobrir sua extensão e outros dois para que ficasse duplo, e que nunca viria a ser confortável como eles tinham sonhado — pois os colchões que se conseguiam em Turbo eram fibrosos e compactos. A cama, no entanto, via-se imponente. Os leitos em que dormiriam até a chegada dos colchões pareciam frágeis veleiros ao lado de semelhante transatlântico.

— Bonita não ficou — disse J. —, mas firme pra caralho.

Além da cama, e utilizando a madeira restante, Gilberto construiu a biblioteca. Ficou grande também, e tão sólida e rústica quanto a cama. J. se divertiu colocando nela seus muito usados e amados livros. Coleções completas de Dostoiévski, Nietzsche, Lagerkvist, Camus e Neruda; livros sobre gado tropical, cultivo industrial do coco, Bertolt Brecht, frutas de zona tórrida, Hermann Hesse, Hegel e muitos outros passaram a ficar quietos ali, com ocasionais lagartixas trepando nas lombadas, enquanto bandos de papagaios escandalosos passavam sobre a casa, ou negros descalços, com um facão atravessado no ombro, passavam pela praia assobiando e deixando um cheiro de cigarro no ar. Muito de vez em quando, J. conseguia, já entrada a noite, se dedicar a ler um poema ou alguma página especial, recostado na cama com um castiçal sobre a barriga. A vela subia e descia com a respiração, as mariposas atravessavam a chama — prejudicando-a um pouco — e do lado de fora se ouviam as ondas.

# 7

**Oito dias depois de terminada** a cama, chegaram os colchões. Por meio de um parente de Gilberto que ia a Turbo, enviaram o recado a Julito para que os comprasse e trouxesse, e, num meio-dia resplandecente, sua lancha apareceu na baía. O barqueiro tomava rum em cima de um volume grande envolto em plástico — os colchões — e seu ajudante vinha no timão. Desta vez atracaram diretamente na praia em frente à casa.

Quando Julito estava sóbrio, via-se forte e cheio de vitalidade; quando se embebedava, parecia doente e envelhecido. Com um gesto descuidado, deixou-se cair do alto da pilha de colchões no mar. Com a garrafa na mão, começou a andar até a margem, mirando fixamente a água, que neste momento chegava-lhe à cintura. Demorou uma eternidade para chegar. Tendo chegado, e depois de abraçá-lo, ofereceu a garrafa a J. "Prazer, senhora", disse a Elena, mas ela não respondeu. Tanto Julito como seu ajudante usavam tênis desta vez, prevendo certamente o desembarque naquela praia pedregosa.

Sob o sol inclemente, Gilberto e o ajudante descarregaram os colchões na praia. Não havia vento. Algumas aves voavam como se estivessem dormindo mar adentro. Julito e J. se sentaram sobre um tronco, debaixo de uma palmeira, e, enquanto o barqueiro fanhoso falava da vida, J. observava o desembarque e tomava rum de vez em quando.

No momento em que a lancha zarpou, seu dono já estava dormindo na traseira. A embarcação sumiu no horizonte e J., um pouco tonto, subiu as escadas da varanda.

— Viu? — disse Elena.

— Vi o quê, amorzinho?

— Não viu que desta vez vieram até a porta da casa, os cretinos?

J. não queria discutir.

— Anda, melhor a gente estrear a cama — disse.

— Vai estrear você, não vou me deitar com esse calor horrível.

# 8

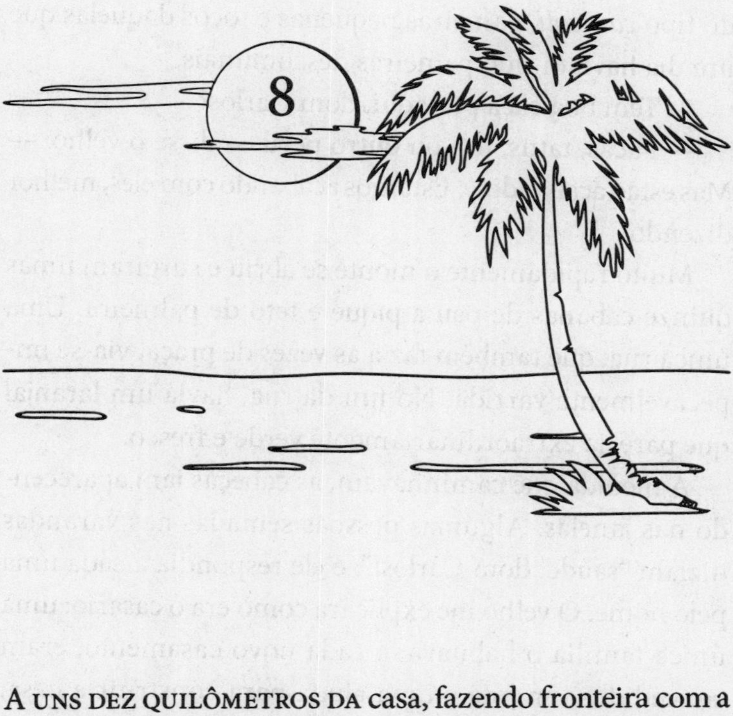

A UNS DEZ QUILÔMETROS DA casa, fazendo fronteira com a fazenda, havia um casario; a uma hora a pé da casa — quinze minutos a cavalo — ficava Severá, um povoado costeiro; Turbo ficava a quatro horas e meia de lancha ou meia hora no aviãozinho que passava irregularmente por outro povoado, não costeiro, situado a duas horas a cavalo da fazenda.

J. havia conhecido o casario na viagem que fizera, antes de comprar a fazenda, acompanhado de dom Carlos E. O velho e ele tinham caminhado um pouco pela praia e depois haviam se metido numa espécie de monte com pouca vegetação, de aparência pouco hostil, onde J. viu árvores medianas com cipós finos dependurados, árvores grandes do tipo *caracolí*, paineiras pequenas e tocos daquelas que um dia haviam sido paineiras descomunais.

— Tem boa caça por aqui, dom Carlos?

— Pacas, tatus, um ou outro peru — disse o velho. — Mas estão acabando... Estamos acabando com eles, melhor dizendo.

Muito rapidamente o monte se abriu e surgiram umas quinze cabanas de pau a pique e teto de palmeira. Uma única rua, que também fazia as vezes de praça, via-se impecavelmente varrida. No fim da rua, havia um laranjal que parecia extraordinariamente verde e fresco.

À medida que caminhavam, as cabeças iam aparecendo nas janelas. Algumas pessoas sentadas nas varandas diziam "saúde, dom Carlos!", e ele respondia a cada uma pelo nome. O velho lhe explicara como era o casario: uma única família o habitava; a cada novo casamento, eram concedidos um lote e uma ajuda para construir a casa; todo mundo estava sob a autoridade da avó.

A casa dela ficava no centro do casario.

— Saúde, dona Rosa — disse dom Carlos quando passaram em frente.

— Entrem! — gritou uma voz fraca de dentro.

A casa consistia em dois quartos e uma cozinha; os quartos ficavam na frente, e atrás, numa trama de árvores apoiada na casa, ficava a cozinha. A primeira coisa que se destacava na entrada era uma virgem de gesso, de quase um metro de altura, colocada sobre uma mesa e iluminada por um castiçal; ao lado havia um rádio grande de plástico verde-claro. Dona Rosa estava sentada numa cadeira de vime vermelho. No quarto ao lado, vislumbrava-se o discreto vulto de um mosquiteiro. A sala era fresca, nebulosa e cheirava a fumaça.

A velha pediu desculpas por não se levantar, dizendo que o reumatismo sempre a maltratava no frio. Depois mandou que se sentassem numas cadeiras construídas com tábuas, desagradavelmente inclinadas para trás como numa pétrea imitação de cadeira de balanço. Sentado naquela cadeira de balanço falsa, J. ficou virado para a porta dos fundos, que dava para o pátio, onde viu porcos e galinhas debaixo de uma mangueira. No chão se viam algumas frutas roídas pelos porcos.

Dona Rosa e J. simpatizaram entre si; quando dom Carlos explicou quem era J. e a que vinha, ela o olhou com uns olhos que aparentavam ver menos do que na realidade viam, e lhe disse que todos do casario estariam sempre ao inteiro dispor dele. Depois perguntou a dom Carlos se planejava ir embora de vez da região.

— J. me compra uma fazenda, mas eu fico com a outra — disse dom Carlos. — A senhora sabe, Rosita, que sinto falta da montanha.

A anciã ficou contente. Também pareceu se alegrar quando J. lhe disse que ele e sua mulher pensavam em morar na fazenda.

— Quando vierem, não deixem de visitar a velhinha — pediu.

Alguns dias depois de sua chegada, J. propôs a Elena que fossem visitá-la. Desta vez, a trilha que levava ao casario lhe pareceu menos selvagem. "Ninguém corta mais nenhuma paineira nesta fazenda", disse quando passaram ao lado dos enormes tocos. No casario foram recebidos da mesma forma. Elena viu as cabeças negras aparecendo nas janelas e sentiu que as crianças a olhavam por entre as frestas das paredes. Em frente à casa de dona Rosita, havia três crianças nuas que arrastavam caixas de fósforos amarradas a barbantes. "Olaaaaá!", respondiam as pessoas à saudação de J.

Dessa vez, a idosa não estava prostrada. Serviu-lhes café preto numa porcelana chinesa muito fina e delicada, decorada com flores, que contrastava com o teto de palmeira, com a fumaça que vinha da cozinha e com o chão de terra.

Dona Rosita não se mostrou particularmente atenciosa com Elena — a primeira caneca de café foi para J. —, ainda que no geral tenha sido simpática e falante. Contou-lhes que tinha doze filhos, sessenta netos e três bisnetos. Oito filhos moravam no casario — quatro mulheres e quatro homens, todos casados menos um —, já as outras quatro mulheres, os maridos tinham-nas levado para viver em outros cantos. Contou-lhes que tinha se casado quatro vezes e havia enterrado quatro maridos. Na visita anterior, J. ficou com uma impressão de prostração e invalidez; desta vez a viu tal como era: uma idosa muito dinâmica metida num corpo miúdo, curtido pelos anos.

A idosa se despediu de Elena chamando-a de "senhora" e não de dona Elena. E, como durante a visita, havia mencionado a mulher de dom Carlos como "dona", Elena percebeu a diferença de tratamento e precisou fazer um esforço para não se importar.

— Que higiene de merda! — foi seu único comentário na volta.

Três dias depois, por volta das seis da tarde, apareceu uma menina carregando uma panela muito areada e cheia de mossas.

— É da parte da minha avó — anunciou.

Eram caranguejos refogados. J. os recebeu, passou-os para outra panela — as patas tilintaram no estanho — e devolveu a da menina.

— Tome — disse, e lhe estendeu uma nota de dez pesos. A menina olhou para J. com olhos brilhantes, quase sedutores, e lhe agradeceu. Antes de sair, disse ainda que, se tivessem roupa para dar, que dessem a ela.

A mesa de jantar, uma mesa grande e rústica, ficava numa das varandas laterais, na frente do curral. J. levou a panela e um prato e se sentou para comer. Não chamou Elena, pois sabia que ela tinha horror a caranguejo.

[illegible] tivesse sido cumprida sem [illegible] numa [illegible] pelos anos.



— É da parte da minha avó — [illegible].

Elena [illegible] os [illegible]. Foi receber, [illegible] os [illegible] em pedaço — as patas [illegible] — e devolveu a da menina.

# 9

GILBERTO COMEÇOU A FAZER MERCADO em Severá, e geralmente aos domingos. Costumava sair cedo, montado em um cavalo e levando outro no cabresto. No sábado à noite, Elena lhe entregava a lista do que devia trazer e lhe fazia recomendações sobre marcas de sabão, qualidade do arroz e coisas assim. Era nesse momento que se falavam; no restante da semana, ele podia receber alguma ordem sua, quase sempre referente aos serviços da casa, e alguma pergunta eventual sobre o clima. Sua voz, ao falar com Gilberto, era em geral áspera e cortante. Qualquer erro nas compras — açúcar com impurezas, feijão com caruncho — e o censurava duas vezes: uma quando ele chegava do mercado e outra na semana seguinte, ao entregar-lhe uma nova lista de compras.

— Se a gente não presta atenção, o sujeito vai trazendo o que dá na telha — disse uma vez a J., ao notar o incômodo dele por vê-la tratar Gilberto de modo tão seco.

Gilberto saía cedo no domingo e voltava ao entardecer, quase sempre de pileque, meia garrafa de cachaça no bolso de trás da calça e certa instabilidade nos movimentos. Nunca completamente bêbado. Com olhar alegre e ligeiramente vidrado, tirava os pacotes do cavalo e os levava à cozinha. Depois tirava a sela do outro cavalo e levava os animais ao estábulo. Lá tomava alguns tragos enquanto eles pastavam. Então voltava para casa e ouvia as eventuais queixas de Elena, que desempacotara as coisas e fazia intermináveis recomendações a Mercedes sobre a maneira de economizar nas compras, cozinhar certos alimentos, não desperdiçar outros...

A princípio, J. costumava embebedar se só uma vez por semana. Aos domingos, lá pelas três da tarde, ia até a mangueira e pegava algumas frutas verdes, Mercedes as picava em gomos e ele se acomodava na mesa de jantar, às vezes com Elena, e punha a fruta, um saleiro e a garrafa de cachaça ao lado da cadeira. Quando Gilberto chegava, a garrafa já estava pela metade. Se ela não estivesse com ele, J. se alegrava com sua chegada; sabia que, depois de entregar a feira, Gilberto subiria à varanda, tiraria sua garrafa do bolso e lhe ofereceria um trago. Os dois a esvaziariam conversando sobre os trabalhos a fazer — ou às vezes em silêncio —, e depois eles beberiam da garrafa de J. Quando Elena estava na varanda, Gilberto se aproximava por um momento, lhes oferecia um trago e se despedia.

UM SÁBADO À NOITE, J. disse a Gilberto que queria ir com ele ao povoado. E, no dia seguinte, pouco depois que nasceu o sol, foi despertado pelo ruído de cascos no pátio, o bufar dos cavalos e a voz de Gilberto que o chamava.

— Não sele o cavalo, Gilberto, que vou a pé — gritou da cama. Tomou banho, comeu a banana frita com o café preto que Mercedes lhe deu e foi andando atrás dos cavalos.

Caminharam um bom tempo pela praia. O mar estava sereno e azul, o ar, fresco. Seus sapatos afundavam na areia e suas panturrilhas começaram a endurecer. Gilberto, montado num dos cavalos, mantinha o passo lento, para que J. pudesse aguentar o ritmo.

Chegaram a um lugar onde a montanha entrava no mar e formava um despenhadeiro. Era o limite da fazenda ao norte. Saíram então da praia e começaram a subir numa encosta empinada e selvagem.

— Quando quiser, diz, patrão, e o senhor vai no cavalo — falou Gilberto, que havia visto J. agarrar-se precariamente na mata para não perder o equilíbrio. A vegetação, cada vez mais densa, se enchia de gritos de pássaros. J. estava cansado e aceitou ir a cavalo. Gilberto o ajudou a montar e começou a subir a pé, adiante.

Foi aí que chegaram ao topo do caminho: a montanha subia à esquerda e a mata se adensava mais; à direita a trilha começava a descer na direção do mar, que já se podia ouvir, abafado, bem abaixo. Gilberto descia com a mesma desenvoltura com que subia. A descida foi menos íngreme que a subida, embora mais longa, e a trilha, mais ampla e cômoda.

De repente a montanha ficou mais fácil e o caminho começou a clarear. A mata se abriu, dando lugar a um bananal. Enveredando entre as bananeiras, o caminho desembocou no pátio de uma casa, onde três cães magros começaram a latir.

— Como vai, dom Eduardo? — gritou Gilberto, mas ninguém respondeu. — Deve estar espetando alguém ou rezando por alguém — comentou.

Dom Eduardo era antioqueno, como J., e sofria de uma certa loucura mística. Ao contar a história dele, Gilberto adotou um tom de zombaria e a recheou com anedotas muito compridas e tão numerosas que J. ficou entediado. Imaginou que uma pessoa que pusesse emplastros e desse injeções seria muito útil naquela região, ainda mais sendo amigo pessoal do Altíssimo.

No fim do bananal, havia uma fileira de coqueiros e depois, de novo, era o mar. A costa se curvava em formato de pinça de uns dez a quinze quilômetros, baía muito aberta no fim da qual se viam os telhados do povoado. Além dos telhados, J. identificou algumas lanchas ancoradas e várias pilhas de madeira na praia, bem como dois barcos médios flutuando num mar liso, a uma quadra e meia da margem. Nesse momento, como uma barata de praia, uma canoa se desprendia de um barco e avançava lentamente na direção da praia.

J. desceu do cavalo, chamou Gilberto e lhe entregou as rédeas. Gilberto continuou caminhando ao lado dele com as rédeas no ombro. Explicou que aquelas duas embarcações chegavam três vezes por semana, os horários dependendo sempre do tempo, e transportavam madeira, coco e passageiros.

— Uma vez levamos dez horas para chegar a Turbo — disse.

Dez minutos depois, passavam em frente ao cemitério. Existiam cerca de cinquenta tumbas espalhadas num terreno que mais parecia a continuação da praia do que terra propriamente dita. A maioria estava assinalada com cruzes de madeira; algumas ostentavam lápides de cimento. Duas ou três haviam sido construídas em forma de abóbada, mas o terreno, pouco firme, tinha cedido com o peso do material, o concreto havia rachado e todo o volume da sepultura se via semiafundado na areia, como um naufrágio.

No entanto, o cemitério não tinha uma aparência sinistra. Muito perto do mar, durante as marés cheias, a água o inundava e o cobria de espuma. A maneira alegre como a vegetação trepava sobre as cruzes e as lápides e se enfiava nas gretas do cimento, a visão dos caranguejos aparecendo de dentro dos túneis cavados entre as tumbas, a visão de lagartixas cintilantes deram a J. a impressão do triunfo permanente da vida sobre a morte. Sem tomá-lo como uma premonição do destino de seus ossos, pensou que de todos os cemitérios conhecidos até então era este, precisamente, o que menos horror lhe havia causado.

Saíram do cemitério e, quinze minutos depois, entravam no povoado.

Eram quatro ruas, não mais de cinquenta casas e não muito mais de quinhentos habitantes. Uma ampla faixa de praia servia como praça pública; ali estavam as toras de madeira que J. tinha visto de longe e ali estavam as canoas ancoradas. Havia também um caminhão velho que certamente acabara de chegar, pois ele não o vira. Este e outro trambolho similar eram os dois únicos automóveis da região. Parecia ter participado de alguma evacuação, invasão ou matança. Sua lataria grossa, atacada impiedosamente pela ferrugem — portas com buracos, para-lamas carcomidos —, havia sido pintada recentemente de vermelho vivo, com pincel. O ar guerreiro e agressivo coberto por aquela pintura alegre lhe dava uma aparência fantástica. "É assim que nos trópicos reformamos as feiuras que nos mandam dos países desenvolvidos de merda", J. pensou.

Havia gente parada ao lado do caminhão esperando que terminassem de carregá-lo para subir. Outros estavam em pé na porta das lojas, tomando cerveja. J. aguentava os olhares em sua nuca com serenidade e certo orgulho. Algumas crianças o olhavam diretamente.

— Tá olhando o quê? — perguntou a uma delas.

O negrinho respondeu com um sorriso e J. o devolveu de um jeito onipotente e rápido que parecia ter agradado ao garoto.

Fizeram as compras na maior loja, lugar comprido com prateleiras de madeira que iam de uma ponta a outra repletas de produtos. O local cheirava a plástico e couro. Quem atendia era o dono, um homem jovem, branco-amarelado, de costas franzinas e barriga protuberante, que arregaçava a camiseta até o peito para se aliviar do calor úmido e quieto que sufocava o ambiente da loja. Seu nome era Juan e tinha fama de comprar coisas roubadas.

Para J., ele pareceu cínico e servil ao mesmo tempo. Sua mulher o ajudava, obesa, sonolenta, orgulhosa, morena clara, de uns trinta anos e com um rosto muito bonito. Dava a impressão de que exalava um cheiro sensual, como o odor de um pântano em germinação.

Como Gilberto era muito hábil com as compras, J. mal tomou quatro cervejas e os cavalos já estavam carregados com os pacotes. Os preços lhe pareceram escandalosamente altos. Foi talvez nesse momento que teve a ideia de abrir uma loja na fazenda.

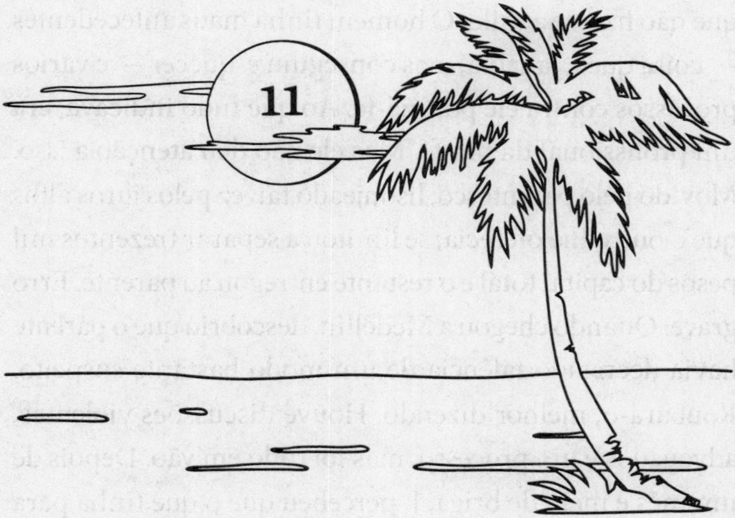

# 11

Menos de dois meses depois, J. precisou viajar a Medellín.

— Saio na terça, mana — disse a Elena. — Você ficará à frente de tudo.

— Certo! — disse ela sem hesitar.

J. lhe fez algumas recomendações, falou com Gilberto sobre os trabalhos que deviam ser feitos em sua ausência e foi embora.

Medellín foi um desastre. Antes de ir para o mar, emprestara dinheiro com juros a um familiar seu e contava com esse dinheiro para viver enquanto não descobrisse um jeito de tirar algum lucro da fazenda. Muita gente lhe disse que não fizesse aquilo. O homem tinha maus antecedentes — coisa que J. já sabia, mas conseguiu esquecer — e vários processos contra ele por má-fé. Ao que tudo indicava, era um profissional da má-fé. Mas ele não deu atenção a isso. Movido pelo parentesco, lisonjeado talvez pelos juros altos que o outro lhe oferecia, se limitou a separar trezentos mil pesos do capital total e o restante entregou ao parente. Erro grave. Quando chegou a Medellín, descobriu que o parente havia decretado falência de um modo bastante suspeito. Roubara-o, melhor dizendo. Houve discussões violentas, advogados e um processo, mas foi tudo em vão. Depois de um mês e meio de briga, J. percebeu que o que tinha para viver se resumia à fazenda e aos trezentos mil no banco. Por intermédio de dom Carlos, que sairia naqueles dias para Urabá, enviou uma carta dizendo a Elena que demoraria ainda quinze dias, mas que ela podia ficar tranquila, que estava tudo bem.

Depois da depressão inicial que aquele assunto tão sórdido lhe causara, veio a necessidade tremenda de brigar, e uma vontade imensa de não ser derrotado, pelo menos a longo prazo. Desatou a fazer cálculos do capital necessário para montar a loja e das possíveis utilidades da cria do gado. Tentando também não pensar demais nas belas árvores da fazenda, falou com pessoas que conheciam o negócio da madeira e lhe asseguraram ser bastante rentável. "Por pior que seja, pra comida e pra cachaça dá", pensou, depois de cálculos grosseiros. "Pelo sol e pelo mar não nos cobram."

Pegou um empréstimo de duzentos mil pesos no banco. Com um cheque de um total de quinhentos mil no bolso, com o que esperava prover a loja e subsistir enquanto os negócios arrancavam, e uma garrafa de cachaça na mochila, entrou no ônibus que o levaria a Turbo. Viajou as dezoito horas fazendo cálculos do dinheiro, tomando cachaça e apreciando as reviravoltas de sua vida.

Quando chegou à fazenda, Elena o estava esperando na praia. J. se enterneceu ao vê-la ali, de pé, o peso do vento grudando a saia em suas belas pernas. Séria, muito bronzeada, olhava a chegada da lancha com expressão contida e segura.

Beijaram-se com vontade.

— Amanhã ou depois chega a nossa mercadoria — disse J.

— Que mercadoria?

— A da loja, mana. É hora de montá-la. A história de Medellín arruinou tudo e estamos quase sem grana.

— Certo — disse ela. — Vamos montá-la.

No dia seguinte, Gilberto madrugou e trouxe a madeira de que necessitava para construir balcão e prateleiras.

— Numa semana estarão prontas, dom J. — disse, e imediatamente pôs-se a serrar.

Porém a mercadoria não chegou no dia seguinte, nem no posterior, mas oito dias depois, em duas lanchas grandes, quando as prateleiras já estavam prontas. E chegou incompleta. J. havia pagado por cinquenta garrafas de aguardente e chegaram vinte; quarenta caixas de cigarros e chegaram dez; faltava arroz, faltava feijão. Houve uma discussão com os barqueiros, mas eles garantiram que o armazém só lhes havia entregado o que traziam. Elena os chamou de ladrões. Eles não se importaram; quando ela falava, olhavam-na como se não estivesse presente, deixavam que dissesse o que fosse e continuavam falando com ele.

— Volto com vocês a Turbo — disse J., já mais calmo. — Comece você a arrumar as coisas, mas não comece a vender até que eu volte — recomendou a Elena.

O enredo não era grave. O empregado do armazém escrevera um bilhete explicando a J. que a mercadoria que faltava seria entregue no próximo pedido, devido ao fato de o armazém ter feito mal seus próprios pedidos e se encontrar em escassez de certos artigos, e que por fim se esqueceu de entregar a mercadoria aos barqueiros.

A explicação era precária e J. ficou enfurecido, claro, e ameaçou fazê-lo perder o trabalho. Depois, como sempre, se acalmou.

— Façamos uma coisa — disse. — Você me paga a viagem de volta, me entrega de uma vez a mercadoria que falta e esquecemos o assunto.

Houve uma curta simulação de resistência, mas no fim o empregado teve que ceder. Antes de sair, J. exigiu que chamasse Julito para os futuros envios.

Aquela foi a primeira noite em que J. dormiu na casa de Julito. Tinha se encontrado com ele na praça, e o barqueiro, ao saber que J. ia procurar hotel para pernoitar, o convidou de imediato.

A casa dele era uma das casas montadas sobre pilotis que J. vira quando procurava o cais. Composta de três quartos escuros e um puxadinho com a cozinha, na parte de trás. No quarto central, que fazia as vezes de sala, havia uma mesa pequena num canto e uma rede pendurada de uma ponta a outra. Ao entrarem, Julito a despendurou, pôs a mesa no centro e trouxe duas cadeiras feitas de tábuas sem pintar.

— Sente-se, chefe — disse.

A mulher de Julito era gorda, claro, e antipática.

Mas não era a mesma que J. conhecera no mercado. Tratava seu marido com certo sarcasmo, espécie de ceticismo debochado, que dava a entender que ele já não a enganava mais, que conhecia a intenção de todos os seus atos, desastre de homem, e já não tinha nenhuma ilusão. No entanto, com J., se não foi muito falante, pelo menos foi amável; era evidente que se sentia orgulhosa de tê-lo em casa.

Julito o deixou sentado numa das cadeiras e foi pegar cachaça. Nesse meio-tempo, a mulher trouxe-lhe café numa dessas porcelanas que vira na casa de dona Rosa. Havia certa beleza nesse quarto quase vazio, em cujo centro, como um diminuto ramo de flores, brilhava aquela delicada louça chinesa. O entardecer chegava e uma escuridão azul começava a crescer por todos os cantos. J. olhava pela porta como o céu ia ficando cada vez mais escuro. O entardecer era sereno e ele se sentiu feliz.

Julito voltou com a garrafa, trouxe dois copos decorados com motivos taurinos e se sentou na outra cadeira. Beberam até tarde. Quando a garrafa acabou, o barqueiro propôs comprar outra, mas J. não aceitou: sua presença na fazenda era urgente e deveria madrugar. Julito pendurou outra vez a rede e J. se deitou e dormiu imediatamente.

No dia seguinte, depois de quatro horas e meia de navegação suave e ensolarada, chegou de novo à fazenda.

Elena já havia arrumado os artigos nas prateleiras, agora faltava colocar o preço. Gilberto, que conhecia bem os preços da região, ajudou-os. Abriu um caderno, no qual deveriam ser anotadas cuidadosamente as vendas, outro para as vendas fiadas, e assim a loja ficou pronta para os clientes.

Naquela noite ocorreu a primeira discussão grave entre Gilberto e Elena. J. soube que tinha sido por causa do balcão, mas nunca chegou a entender como começara. Quando voltou de uma caminhada na praia, encontrou Elena enfurecida e Gilberto muito assustado. J. sabia que, quando ela empacava assim, nada nem ninguém poderia acalmá-la, era necessário esperar que sua fúria fervesse primeiro e depois se cansasse de si mesma, como os vulcões. Chamou Gilberto à parte e lhe disse que não desse importância, que a raiva dela passaria rápido; Gilberto disse ao patrão que não se preocupasse com ele, que ele sabia como eram as mulheres.

— Caprichosas, dom J. — falou.

Quando Gilberto saiu, J. voltou à loja.

Elena fingiu estudar a lista de preços.

— Você não pode me desautorizar diante desses filhos da puta — disse, depois de um tempo, sem levantar a cabeça do caderno.

# 12

Em sua primeira viagem a Medellín, J. havia comprado uma rede de pesca de náilon que media quinze metros de comprimento e três de largura. Era de um tecido amplo, próprio para *sábalo* e xerelete grande. Precisava de cinco pessoas para usá-la.

Salomón, filho de dona Rosita, era o melhor pescador da região. Silencioso e fisicamente pouco chamativo, parecia ter uma extraordinária afinidade com os peixes. Em épocas em que ninguém conseguia nada, Salomón arrancava do mar pargos de quatro quilos e meio.

Era uma pessoa asseada. Nunca estava suado. Usava camisas brancas muito bem passadas e, através de seus bolsos, via-se o índio dos cigarros Piel Roja. Seu maço nunca ficava molhado e, quando acabava, tinha a mesma forma retangular de quando estava cheio.

Era sem dúvida um pescador extraordinário. Muitas vezes, quando pescava na praia, J. o acompanhou e pôde constatar. Os movimentos que sua mão imprimia na corda obedeciam sempre a uma razão específica; às vezes eram tentativas em que jogava com as possibilidades favoráveis do acaso, outras, em movimentos precisos, absolutamente vencedores, que, se executados um segundo antes ou depois, o teriam levado com certeza a uma derrota.

Na companhia dele, começou a trabalhar na rede. Como ainda não era a época de boa pesca, os primeiros resultados foram modestos. Os homens saíam de noite e trabalhavam a trezentos metros da praia durante três, quatro horas. J. nunca os acompanhou, mas sempre gostou de olhar as luzes dos botes balançando com o movimento da água: a forma das canoas mal se adivinhava no mar e se ouviam as distantes vozes dos pescadores.

Enquanto Salomón se ocupou dela, a rede se manteve praticamente nova, ou até melhor do que nova, pois ia ficando curtida, adquirindo uma espécie de profundidade de experiência. Seus tecidos, ao serem estendidos sobre paus cravados na areia, brilhavam sob os primeiros raios de sol. Exibiam então uma beleza delicada e fantasmal; o sol corria por seus fios, abrilhantados pela umidade, e o vento produzia pequenas ondas naquele conjunto de luzes metálicas que, de longe, mais pareciam um redemoinho.

Ao meio-dia, acompanhado de seu filho mais velho, chegava Salomón para buscá-la. Nunca entravam na casa antes de levantar a rede. Da varanda, J. os observava trabalhar, o filho soltando a rede dos postes e entregando-a dobrada a Salomón, que a recebia em seus braços. Então a jogava no ombro com um movimento fácil e os dois caminhavam para a casa.

Depois de guardar a rede no quarto das ferramentas, Salomón ia à varanda e, de cócoras, conversava um pouco com J., quase sempre sobre pesca. Fumava um ou dois cigarros e se despedia. Rarissimamente aceitava um trago. "Com o inverno, vai chegar a pesca de verdade", dizia sempre antes de ir embora.

# 13

Então vieram os temporais. Começou o primeiro dos dois invernos que J. viveria naquela região; o primeiro de seus dois últimos na Terra.

Nuvens espessas e cinza-escuras começaram a sobrevoar o mar, tornando-o lindamente sombrio e eterno. Antes que as primeiras gotas começassem a cair, o sol ainda era capaz de penetrar qualquer vão entre as nuvens, lançando grandes fluxos de luz nas águas escuras.

Relâmpagos rasgavam e clareavam o espaço por toda parte, e as gaivotas grasnavam, alto, no céu. Então as nuvens se juntavam completamente e gotas grossas, que repicavam como pequenas pedras nas telhas de zinco, iniciavam aguaceiros massivos que podiam durar muito tempo. O forte calor que precedia a queda d'água era depois substituído por um frescor triste e sombrio, e o peso de chumbo das nuvens se perdia, como se a terra tivesse se unido de novo às águas e já não houvesse separação entre luz e trevas. Às vezes dava para ouvir de casa, mar afora, na confusão de coisas, o ronronar difuso de um barco do qual se podia ver apenas a sombra opaca.

No começo do inverno, Elena e J. permaneciam trancados em casa durante todo o tempo do aguaceiro. Um erotismo úmido e escuro se apoderava de seus ossos. E, enquanto a chuva caía pesada e monótona sobre os telhados, eles desfrutavam de seus corpos à exaustão. Porém, quando Elena tinha que se levantar para atender algum cliente na loja, não havia outra escolha senão olhar para fora. A visão do mar escurecido lhe oprimia o coração; os múltiplos riachos de terra que desciam da montanha e enlameavam os arredores da casa lhe davam vontade de chorar. A imensa mangueira do pátio, que no verão se erguia majestosa, parecia agora intimidada e diminuída pela água. Cada coisa que via, os cães, as vacas quietas, as palmeiras destroçadas, até a água do mar, tudo tinha um ar sombrio. Uma solidão intensa tomava conta dela, que então voltava para o quarto, buscando o corpo de J.

Depois de dois ou três dias de chuva contínua, o aguaceiro saía de cena. Quando acordava, após uma longa noite de telhados barulhentos, J. se deparava inesperadamente com a luz e o silêncio. "Clareou, mana", dizia a Elena, sacudindo-a, e os dois iam para a varanda.

Um universo recém-criado aparecia então diante de seus olhos. O sol batia sobre as folhas molhadas das árvores, batia na praia, batia na espuma das ondas. As sardinhas quase repicavam no ar pulando sobre a água. Bandos de gaivotas, deslumbrantes no novo dia, esvoaçavam sobre o mar, pescando numa alegria desordenada.

Essas tréguas, porém, duravam muito pouco. Logo as nuvens voltavam a se juntar e escureciam a terra com sua sombra de pedra. Quando a água caía de novo sobre o mundo, eles voltavam à luxúria desesperada e se fechavam de novo no quarto.

Até que um dia Gilberto disse:

— É um bom momento para semear os canteiros, patrão.

J. estava na varanda, ao entardecer, olhando a escuridão passar de cinza a negra. Elena dormia no quarto. Era preciso sair da letargia, escapar da impotência que lhe provocava uma espécie de úlcera de pânico no estômago. Em quase um mês e meio, não fizera nenhum trabalho significativo na fazenda.

— Certo, Gilberto — respondeu. — Amanhã começamos.

No dia seguinte, protegidos por grossas capas de chuva, começaram a preparar os canteiros. No início, Elena trabalhou com eles; depois, quando as repugnantes gotas de água que escorriam pelo pescoço e escorregavam pelas costas começaram a ficar insuportáveis, quando o calor úmido com cheiro de borracha começou a se tornar insuportável para ela, abandonou o trabalho e voltou para dentro de casa.

— Se não tivessem estragado a maldita máquina, eu poderia fazer alguma coisa, merda de vida! — disse a J.

Comendo, tentava equilibrar o fardo de seu tédio. Mal terminava o café da manhã e suas glândulas já começavam a ansiar pelo peixe frito do almoço com neurótico deleite. E, entre as refeições, devorava mangas maduras, viciosamente.

Com os temporais, tal como tinha dito Salomón, chegou também a pescaria abundante. Mas era tamanha a abundância que nem precisavam lançar a rede todas as noites. Saía repleta de peixes mais do que suficientes para abastecer a casa e a banca durante vários dias.

Na noite da primeira pesca importante, Salomón entregou a J. trinta xereletes grandes, quinze *mojarras* e quatro *sábalos* de quase um metro e meio cada. Era apenas a metade do que haviam conseguido.

— Deixe só a metade para nós, Salomón, e leve o restante para a banca — disse J.

Mas a metade também foi demais. Mercedes pendurou parte do peixe sobre o fogão a lenha, para defumar, e salgou o restante. Quatro dias depois, o peixe salgado começou a cheirar mal e tiveram de jogá-lo fora.

# 14

O VENCIMENTO DO EMPRÉSTIMO QUE J. tinha no banco coincidiu com o auge do tédio de Elena durante aquele interminável inverno.

— Um de nós vai ter de ir a Medellín para tentar renovar o empréstimo — comentou J., sabendo que seria ela quem iria.

— Está bem — disse Elena, rapidamente. — Você assina uma autorização e eu me encarrego disso.

Dois dias depois, caminhava ao lado de J. e atrás de Gilberto rumo ao povoado. Como estavam mal de dinheiro, decidiram que ela viajaria de barco e não na lancha expressa. Não chovia, mas o caminho era um verdadeiro lamaçal. Elena e J. usavam botas de borracha; Gilberto, as mesmas sandálias de couro que usava no verão. Quando o barro era fundo, seus pés produziam um barulho de sucção que deixava Elena enojada.

Ao chegarem ao povoado, tiveram de esperar ainda umas duas horas até a partida. Quando deu meio-dia, Gilberto levou-os à casa de uns parentes, onde lhes venderam um gigantesco *sancocho de mojarra*; depois, sonolentos do almoço, sentaram-se na praia numa canoa ancorada, à espera da saída do barco.

Assim que Elena subiu na canoa que a levaria ao embarque, começaram a cair as gordas gotas. Quando finalmente embarcou, desabou o aguaceiro.

A embarcação era de madeira e tinha uns doze metros de comprimento por quatro de largura. Estava pintada de azul, amarelo e vermelho. Dez bancos longos, sem encosto, se alinhavam paralelamente da proa à popa, e um grande toldo protegia todo mundo da chuva. Elena acomodou sua mala num lugar seguro e, em seguida, acomodou a si mesma numa das bordas, não longe da proa. Então viu J. olhando o barco da margem. Acenou para ele e ele respondeu, sem ir embora. Ficou ali, olhando para o barco. "Está se encharcando", pensou Elena.

O último passageiro a subir foi um velhinho centenário e pálido que sofria de mal de Parkinson e fumava tabaco com dedos trêmulos. Quando conseguiram subi-lo, o motor do barco começou a soar e um denso fumaceiro azul saiu do quarto das máquinas. "Contanto que essa merda não enguice no caminho", pensou ela. Então a fumaça se dissolveu e o barco começou a se mover.

Elena não quis dormir em Turbo. Um carregador de bagagem levou a mala dela até a estação e ela se sentou numa cadeira metálica para esperar a saída do ônibus. Quando soube que ele não sairia até as nove e meia da noite, foi a um restaurante e comeu um prato de carne assada, mandioca e uma montanha de arroz sobre a qual brilhava, como uma estrela, um ovo frito.

Às dez da manhã do dia seguinte, chegaram a Medellín. Elena sentiu seu coração aquecendo à medida que entravam na cidade. Os passageiros saíam do cansaço entorpecedor da estrada e pareciam falantes e felizes. O dia estava azul e luminoso. Um vento seco e quente soprava pela janela. Com a respiração agradavelmente entrecortada e semicerrando os olhos, Elena deixou que o vento despenteasse seus cabelos enquanto alguns passageiros a olhavam.

Quando sua mãe abriu a porta, um cheiro forte de velas atingiu seu rosto.

— Continua queimando essas porcarias? — disse Elena. — Um dia desses se intoxica.

A mãe soltou algumas queixas infantis.

A casa estava completamente no escuro. Havia imagens de santos com velas acesas por toda parte. Elena levou a mala para o quarto que tinha sido dela.

— Vai comer alguma coisa, Eleninha? — perguntou a mãe.

Elena respondeu que mais tarde, que agora ia tomar um banho daqueles.

— E William? Ainda vem aqui? — perguntou do banheiro.

— Quase todo dia, filhinha — disse a idosa. — Eles vêm de tarde, ele, Luz Marina e as crianças. Tão bom filho, o William, que Deus o proteja por mim.

Um jorro forte saiu do tubo e estalou no chão do banheiro.

De noite, depois de jantar, Elena foi ao parque. Um sono longo após o almoço havia lhe tirado o cansaço completamente. Era Envigado, numa sexta à noite, e as sorveterias estavam cheias de gente.

Elena encontrou Jaime Díaz e Roberto D'Alleman, que bebiam numa sorveteria chamada A Porta do Sol. Os dois eram companheiros de J. nas grandes bebedeiras antes da ida para o mar. Viraram a noite bebendo. Ela não mencionou nada sobre o tédio agudo que a havia atormentado na fazenda; exagerou, ao contrário — usando algumas expressões de J. —, nas virtudes da vida tranquila do mar em oposição à vida intoxicante "aos pés das chaminés de Coltejer".

Às sete da manhã, entrava em casa, exausta e cambaleante, diante do olhar assustado e escandalizado da mãe.

# 15

— Diga a J. que essa é a última renovação que posso conceder — advertiu o gerente do banco.

Chamava-se Fernando e havia sido colega de J. no colégio. Era um indivíduo quase inteiramente calvo, apesar de sua juventude, e extraordinariamente sério. "Pode até ser fodão como gerente de banco", opinava J., "mas no resto é um merda!".

A opinião de Fernando sobre Elena não foi boa. Tinha ouvido falar que J. havia se amancebado, e conhecê-la foi a confirmação de seus preconceitos. Tratou-a com uma mescla de desejo e desprezo que se manifestou em uma arrogância cortês, de muitos sorrisos e bochechas coradas. Ela sentiu um horror visceral pelo sujeito.

Depois de conseguir a renovação, ficou mais uns quinze dias em Envigado. Levou a mesma vida desordenada e intensa que compartilhara com J. nos meses anteriores à fuga para o mar.

A viagem de volta durou trinta horas. Um desmoronamento descomunal fechou a estrada pouco depois que saiu de Medellín, e infinitas fileiras de veículos se acumularam nas encostas da serra. Durante muitas horas, enquanto as escavadeiras trabalhavam na terra, os passageiros tentavam driblar o tédio: dormiam, conversavam sem vontade, comiam ovos cozidos e saíam para urinar à beira da estrada.

Elena dormiu a noite inteira com um sono cego do qual só saiu de madrugada, sobressaltada pelo motor do ônibus que arrancava novamente. Acordou com um mau humor feroz. "Tinha que acontecer comigo essa desgraça de desabamento, vida de merda essa minha", foi a primeira coisa que disse, para espanto da senhora que viajava a seu lado.

Quando o ônibus cruzou as plantações de palmeira-africana, um aguaceiro pesado desabou sobre a terra. Os limpadores de para-brisa se moviam freneticamente, incapazes de aliviar a avalanche que caía no vidro. O ônibus avançava com cautela, com os faróis acesos, enquanto os passageiros ficavam atormentados pelo barulho da água na carroceria, como que apertados pela névoa que se acumulava nas janelas.

Saíram desse aguaceiro selvagem pouco antes de chegar a Turbo. Quando o ônibus entrou na praça, caía uma chuva normal, de ritmo lento e, ao que parecia, eterno. A praça era um verdadeiro lamaçal. As pessoas atravessavam as ruas com muito cuidado, arregaçando as calças para protegê-las do barro.

Elena amaldiçoou o pântano.

Assim que a lancha entrou na baía, ela estranhou a ausência de J. Esperava vê-lo na praia acenando e ficou decepcionada. Não chovia, mas as nuvens escureciam o mar. Encontrou-o na cama, lendo, com os pés tomados por fungos.

— As botas de borracha — explicou ele, apontando para os pés com um meneio de cabeça. — Nem sentado aguento essa dor.

Beijaram-se e ela se sentou na beira da cama olhando os pés dele.

— Tá fodido — disse ela.

Os fungos eram crostas brancas que cravavam pequenos tentáculos na pele, causando uma coceira terrível. Quando entravam debaixo das unhas, a dor era insuportável. Precisavam ser extraídos cuidadosamente e, na carne que ficava lívida e esburacada, era necessário colocar grossas camadas de antifúngico. O tratamento era longo, difícil e doloroso. Os fungos retirados de noite reapareciam na manhã seguinte.

Elena entrou na guerra de imediato e com muita eficiência. Como J. era um grande covarde para a dor física, precisava que alguém o obrigasse, de modo quase autoritário, a suportar o tratamento. Oito dias depois da chegada de Elena, ele ainda era incapaz de andar, e só depois de quinze dias começou a dar os primeiros passos dolorosos pela varanda.

# 16

Aos poucos, a chuva começou a diminuir. Cada vez mais as nuvens tardavam a acumular um novo aguaceiro, e as tréguas de sol se estendiam por mais tempo.

Elena trouxe de Medellín as peças de reposição para a máquina de costura. Uma vez consertada, a Singer foi instalada atrás do balcão da loja, e isso permitia que Elena trabalhasse enquanto atendia as pessoas. Ela também trouxe de Medellín um enorme rolo de tecido estampado com grandes flores vermelhas. No mesmo dia em que chegou, começou a tomar medidas, e no fim do inverno havia cortinas em todas as janelas da casa.

J. gostou da minúcia nas cortinas. Cada vez que chegava do campo, se surpreendia com a visão do decrépito casarão de madeira todo enfeitado com as flores de chita. E, à tarde, quando vinham os ventos fortes do mar, sentado na varanda, J. se deliciava ouvindo as chicotadas da brisa nas enlouquecidas flores vermelhas nas janelas.

A chuva já vinha diminuindo quando brotaram os cocos do canteiro. "Vem, vou te mostrar uma coisa, patrão", disse Gilberto a J. um dia, depois do café da manhã, e caminharam até o local. No alto de alguns dos coqueiros, haviam surgido brotos úmidos de aparência fetal; noutros, os leques tinham começado a se soltar.

Para J. era muito clara a imagem da fazenda em alguns anos. Os minúsculos leques, de um verde muito vivo, iriam se transformar numa belíssima plantação de cocos que se estenderia ao longo da praia e ocuparia o terreno da frente da casa e o da própria casa. Uma casa nova, que não teria nada a ver com telhado de zinco ou pilotis, se ergueria sobre a colina onde estava apoiada a atual. J. nunca gostou daquelas telhas sufocantes e barulhentas, tampouco do repulsivo espaço que havia debaixo da varanda, onde irremediavelmente iam parar inúteis emaranhados de arame, pedaços de tijolo e tábuas velhas. A casa dominaria o mar de um local mais alto e se afastaria da lama dos currais, que, no inverno, enchia de moscas cafés da manhã e almoços e sufocava a respiração com o fedor insistente de esterco. Volta e meia, Elena e J. subiam ao local onde se construiria a casa nova e debatiam a futura distribuição de quartos, banheiros e janelas.

No fim do inverno, a compulsão por semear se apoderou de J. Ele plantou mangueiras onde viria a ser o pátio da casa nova, um cultivo de abacaxis na encosta do morro — deixando livre uma faixa de terra até o cume, na qual faria uma escada de pedra — e laranjeiras ao redor dos currais.

Também no fim do inverno, começou a escrever num calhamaço que, na falta de nome melhor, chamara de "livro". Era um volume de couro preto com duas mil folhas brancas que tinha sido encadernado por um amigo, operário de Coltejer, louco por encadernação. A ideia do amigo era organizar as folhas e depois escrever um grande livro. "Um livro foda", explicava, "só com palavras do dicionário". E, como certas aventuras intelectuais perdidas sempre interessaram e de algum modo acompanharam J. em sua peculiar, ambígua — e talvez confusa — rebelião contra a cultura, o assunto chamou a atenção dele. Quando encontrava o amigo, lhe perguntava com sincero interesse pelo progresso dos escritos. "Estou na página quinze", conseguia responder o outro com um gesto cansado, como o de um maratonista. "Assim que acabar, te mostro."

Mas nunca acabou. Na altura da página trinta, e sem mostrar nada a ninguém — nem mesmo a J., a quem respeitava —, arrancou as páginas e queimou o escrito. O escárnio de alguns dos seus amigos provocado pela intenção de se manter nos limites do dicionário foi provavelmente forte demais para ele.

— Eu sou um operário filho da puta, mano, e com muito orgulho — disse a J. — Então fica você com o livro, que de repente você sabe o que fazer com ele.

Pensando que poderia ser de alguma utilidade na fazenda, mas principalmente em função do carinho pelo objeto em si e sua história, J. o incluiu — mil, novecentas e setenta páginas em branco — entre as coisas que acompanharam o casal ao mar.

"Junho 4/76: dom Eduardo hoje trouxe para nós quatrocentas mudas de abacaxi. Cobrou dois pesos a unidade. Trouxe-as no seu burrinho velho, que ele chama de Criatura de Deus.

"Nuvens grossas estão se acumulando ao sul. Se corremos para plantá-las entre hoje e amanhã, talvez a água pegue as mudas recém-plantadas.

"Dom Eduardo disse que conhece um emplastro vegetal muito bom para prevenir e combater os fungos. Elena não acredita em nada do que o velho — que não é tão velho, como afirmam — diz, mas, contanto que os fungos não voltem, ponho nos pés o mato que seja.

"Ontem à noite, uma das vacas pariu um bezerro morto."

Não tiveram sorte com o gado. Logo no mês em que chegou a boiada, um raio fulminou uma vaca com sua cria. Pouco tempo depois, desapareceram dois animais; ao que parece, foram roubados. Houve indagações e o roubo foi denunciado na delegacia — o policial não sabia usar a máquina e J. teve de digitar a denúncia —, mas nada foi esclarecido. Vagas suspeitas, engendradas por uma difusa e quase impessoal acusação, apontavam para Roberto, filho mais novo de dona Rosa e ovelha negra da família, como culpado; e para Juan também, o lojista, como suposto comprador. Este último tinha fama de comprar coisas roubadas, e Roberto, de mau-caráter e vagabundo. Mas ninguém, além de Elena, estava disposto a jurar que eles eram os culpados, e Elena não tinha nenhuma prova.

Afinal, agora havia as mesmas vinte e nove cabeças do princípio. Os animais nascidos ali tinham compensado as perdas, mas ainda precisavam crescer e engordar. Assim, por um lado tentando aumentar seu gado à força, por outro porque se cansou do antigo, J. comprou um magnífico zebu reprodutor. Comprou contra a vontade de Elena e do próprio Gilberto, que achavam, com razão, que não seria necessário, pois era possível alugar barato um bom reprodutor de um vizinho. O animal era manso, imenso como uma catedral, patriarcal; uma barroca e sólida estrutura cheia de pregas e camadas musculares, que resplandecia espetacular no pasto.

— Um luxo da natureza — comentou J.

— Além de um gasto inútil — disse Elena.

A diminuição da chuva mudou seu humor. Do mutismo amargo passou à rispidez cordial, tom que usava quase sempre, até nas manifestações de carinho. Além de se ocupar com a loja, com a máquina de costura — cortinas, toalhas de mesa, lençóis — e com o exigente controle da maquinaria doméstica, passou a tomar longos banhos de mar. Geralmente saía às onze da manhã com a toalha no ombro e um frasco de bronzeador na mão e voltava pouco depois do meio-dia. Muitas vezes reclamou com J. que os negros passavam perto demais de onde ela tomava sol, e, com muita frequência, só para olhá-la.

Mercedes devia estar atenta ao retorno dela e esperá-la com o almoço servido. Quando não o encontrava à mesa, criticava-a, cortante. A secura no trato com as pessoas passou a ser um hábito e parecia estar piorando. Gilberto, em especial, havia se queixado com J. da maneira bruta com que Elena tratava sua mulher.

— Eu não me importo com o que ela diz, patrão — contou-lhe —, mas minha mulher é muito nervosa e tanta pressão assim já começa a estressar.

J., por sua vez, não estava muito preocupado com a mulher de Gilberto e inclusive era capaz de concordar que ela às vezes era preguiçosa e pouco útil. No entanto, temia perder Gilberto, indivíduo extremamente diligente e entusiasta, que sabia assumir os problemas da fazenda como se dele fossem.

Um dia Elena voltou do banho de mar e percebeu que não havia almoço.

— Eu tava com febre, senhora — disse Mercedes, que amarrara um pano na testa e realmente parecia doente.

— Com febre ou sem febre, nesta casa tem que ter almoço — replicou Elena. Sentia tanta raiva que as palavras se embolaram na cabeça.

— Mas senhora...

— Nada disso! Aqui não vamos passar fome toda vez que você quiser se fazer de adoentada. Mexa-se, mulher, que é para isso que lhe pagamos.

Quando J. chegou à casa, encontrou Elena com uma cara sombria. Mercedes, com o pano amarrado na testa, chorava na cozinha.

A raiva o cegou.

— Você está pensando que é alguma rainha aqui? — gritou, sem esperar que Elena explicasse nada.

Ela ficou perplexa. Desde que o conhecera, era a primeira vez que o via realmente furioso. E, como J. continuou repreendendo-a aos gritos, ela também se enfureceu, partiu para cima dele e deu-lhe uma bofetada. Ele a agarrou pelo punho e, num puxão forte e circular, jogou-a cambaleando pela varanda. Sem se levantar, Elena chorou amargamente.

J. saiu da casa.

A reconciliação não foi fácil. Quando ele voltou de noite, percebeu que no rosto de Elena havia se instalado uma máscara rígida e fria. Despiram-se sem se falar e se deitaram. Cada um evitava cuidadosamente qualquer contato com o corpo do outro. Quando um cotovelo de J. a tocou acidentalmente, ela deu um pulo como se a tivessem queimado com cigarro; depois dormiu na beira da cama um sono imóvel e profundo.

J. ficou um tempo tentando ler — "Não vos deixeis consolar", dizia o poeta, "vosso tempo não é grande, o lodo ao apodrecido, a vida é maior, perdê-la é perder tudo" —, mas não conseguia se concentrar. Foi uma noite muito longa. Fechou o livro, apagou o lampião e a noite começou a entrar no quarto, doce e implacável. Entrou aumentado o ruído do mar; entraram os sons — e o silêncio — da floresta vizinha; ouviu-se o latido de cães distantes.

J. saiu para a varanda de cueca. Não havia lua, mas a noite estava clara. Sentou-se na cadeira de balanço de vime avermelhado, muito confortável, que lhe vendera dona Rosita. Colocou os cigarros e os fósforos no chão, acendeu um cigarro e pôs-se a olhar a água. A espuma das ondas emanava um leve brilho. Mar adentro adivinhava-se o horizonte. Por um instante, J. pensou ter visto as luzes de um navio em alto-mar, mas, quando tentou enfocá-las, desapareceram.

Sentiu uma lambida morna e áspera no joelho, e seu coração foi à boca. Primeiro soltou um grito rouco de terror, depois xingou o cão e deu-lhe um chute na barriga. O animal berrou, saiu correndo e se sentou numa ponta da varanda a observá-lo. Quando o medo passou, J. sentiu remorso, chamou o cachorro e passou a acariciar sua cabeça. Era um animal de porte médio, de cor amarelada, que se chamava Kaiser.

— Kaiser, seu filho da puta, você me assustou! — disse em voz baixa. — Kaiser, puto, cachorrinho de merda.

O animal, no fim das contas, um vira-lata de pobre, pouco acostumado com carinho, começou a gemer suavemente. Quando tentou lamber os pés, J. deu-lhe um empurrão de leve.

— Quieto! — disse-lhe, e o animal se deitou ao lado da cadeira.

Depois de muitos cigarros e de muito refletir sobre a vida, sentiu que o sono, como uma aurora, começava a chegar. Ao se deitar, encontrou Elena dormindo na mesma posição. "Até dormindo é raivosa", pensou. No dia seguinte, tudo continuou igual. Elena passou a manhã inteira sentada na frente da máquina, trabalhando em silêncio. Ao meio-dia, vestiu o maiô e foi para o mar; voltou às duas da tarde e pôs-se a fazer um balanço do que havia na loja.

Até aquele momento, os resultados tinham sido pouco satisfatórios. Um mês depois de instalada, já estava claro que não podiam considerá-la a principal fonte de renda. As pessoas da região eram pobres e pegavam fiado com frequência. Além disso, a concorrência com as lojas do povoado era difícil; de um jeito ou de outro, elas conseguiam manter os vizinhos de J. como clientes.

O dinheiro que guardaram para subsistência estava acabando e parecia urgente encontrar um modo seguro de sobrevivência. J. fizera os cálculos referentes à exploração da madeira, mas preferia esgotar todos os recursos possíveis antes de iniciar uma derrubada, que considerava altamente repugnante.

Dos duzentos hectares que constituíam a fazenda, só cem eram de pasto, o restante era composto por mata quase virgem, na qual abundavam a paineira, o carvalho e o *caracolí*. Estava claro que, uma vez decidido a explorar a madeira, devia fazê-lo a sério, com o maior volume e a maior velocidade possíveis. Ele já tinha pensado onde construir o galpão que alojaria os trabalhadores e calculado que precisaria de dez homens no máximo. Julito lhe garantiu transporte seguro e barato a Turbo e, além disso, o pôs em contato com um intermediário, que lhe prometeu conseguir os homens de que precisasse quando precisasse e lhe explicou o tipo de acerto que era feito com eles: recebiam um valor por tora cortada e tinham assegurada a estada, para a qual se definia um valor que seria descontado mensalmente do dinheiro pago ao trabalhador.

Ele também calculara em quatrocentos mil pesos o capital necessário para iniciar a exploração. Se não ocorresse nenhum milagre que os impedisse de acabar com o montante, em dois meses J. deveria viajar a Medellín para falar com Fernando e convencê-lo a renovar mais uma vez o empréstimo. Se assim fosse, deviam então colocar até o último centavo no negócio e dar a ele o impulso suficiente para pagar o banco e viver o mais dignamente possível.

"Julho 13/76: Elena está há quatro dias brava. Não serve de nada. Não sei o que tanto costura nessa máquina, que ronrona o dia inteiro. Já pedi desculpas, mas ela não responde. Talvez seja melhor deixá-la sozinha e que se desenfureça quando quiser.

"É preciso viajar a Turbo de novo, não tem arroz nem óleo e o cigarro está acabando. Ela que vá para ver se areja.

"Há quinze dias não chove, temos que trazer a água em galões para regar os canteiros, a bomba quebrou de novo. A falta d'água em casa é muito difícil, principalmente para Elena. Dom Eduardo ficou de olhar a bomba, mas ainda não veio.

Tomara que o velho seja capaz de arrumá-la, senão teremos de chamar um técnico. Embora seu mecanismo pareça simples, a tal bomba é uma complicação para consertar. Gilberto quase perde um olho nela. Pode ser que o Todo-Poderoso, com a mediação de dom Eduardo, consiga.

"Ontem estive no morro. Quanto mais olho essas árvores, menos me entusiasma a ideia de cortá-las. Mas, do jeito que vamos, não terá remédio. Vai ser preciso participar da Façanha do Machado, como dizem os poetas da raça. Abram alas para a civilização, paineiras de merda!"

De fato, Elena viajou a Turbo com a lista de mercadorias. Mas arejar, não arejou. Não cometeu um só erro em sua viagem, trouxe tudo o que era necessário — até o que não estava na lista, mas ela sabia que precisavam — e não se deixou enganar pelos lojistas. Mas chegou tão fria e silenciosa quanto estava na partida.

# 18

POUCO TEMPO DEPOIS, RECEBERAM A visita de dom Gabriel E., milionário de Medellín, e seu filho. Dom Gabriel era dono de uma das fazendas limítrofes — grande, de quase quinhentos hectares — e diziam que era um pouco idiota e um pouco louco. O homem comprara a fazenda no inverno, quando brotava água por todos os cantos, para vê-la secar no primeiro verão feito couro velho. Um erro descomunal. No verão o gado devia ser levado para as fazendas que ainda tinham água, e então era preciso pagar pelo pasto. De modo que aqueles belos hectares não só não eram rentáveis, como davam prejuízo.

A idiotice de dom Gabriel chegara com a velhice. Para evitar que cometesse outros equívocos como o da fazenda, seu filho o acompanhava sempre como uma verdadeira sombra. Era um homem jovem, de testa protuberante e atitude de executivo. Tinha sido colega de J. na faculdade de Engenharia.

— Como é que tá, mano? — gritou do cavalo.

Era meio-dia e J. fazia a digestão sentado na varanda. Ele vira os cavalos saindo da montanha, mas não conseguira reconhecer os cavaleiros. Os cavalos davam passos lentos pela praia. Quando o homem jovem o cumprimentou, ele os reconheceu. "É o babacão do Ramiro", pensou, "e o babaca do pai...".

— Como é que tá, Ramiro? — disse, em tom amável. — Entrem!

Quando os homens chegaram à varanda, J. lhes estendeu a mão. "Prazer em vê-lo, dom Gabriel", disse ao velho. "Igualmente, jovem", respondeu dom Gabriel, e se sentou na cadeira de vime sem pedir licença.

Ele era um homem de uns sessenta e cinco anos, muito branco e praticamente careca. Magrelo, ostentava uma barriga grande que, quando ele se sentava, subia à altura do esterno. Antes de ficar idiota, fora um homem dominante, acostumado ao poder; agora parecia ligeiramente patriarcal, talvez tentando se ajustar à imagem do velho pai de família antioquena. Usava um short branco, desses que se usam para jogar tênis. Suas coxas, selvagemente escaldadas pelo sol, estavam cobertas por uma grossa camada de leite de magnésia. Aparentava ter tido febre, pois tinha manchas vermelhas nos cantos da boca. Usava sapatos pretos de boa qualidade, daqueles que se compram para durar.

— Sente-se aqui ao meu lado, jovem — disse, e J. aproximou sua cadeira, tentando ficar o mais distante possível do velho. Não gostava de gente rica, muito menos ricos decrépitos cheirando a leite de magnésia.

Durante um bom tempo, dom Gabriel o interrogou com um tom meio autoritário, meio paternal. Quis saber quanto havia custado o touro e de quem o comprara e onde; quis saber dos pastos da fazenda, da possível utilidade da floresta, da rentabilidade da loja e do projeto da casa nova; quis saber como J. estava de dinheiro e que outros negócios tinha, havia tido ou desejava ter... E então, depois de perguntar o que bem quis — à exceção de quanta água a fazenda tinha no verão — e receber respostas vagas que aparentemente o deixaram satisfeito, começou a dar conselhos. Sem que ninguém lhe perguntasse nada, estendeu-se primeiro numa confusa explicação sobre o modo de combater a febre aftosa; em seguida recomendou, quase ordenou, o plantio de uma variedade de milho colorido que era novidade na América do Norte; depois desenrolou um grande novelo sobre as últimas técnicas de inseminação artificial, e por fim garantiu que, para vender a fazenda, Ramiro teria de passar por cima de seu cadáver.

— Anda, J., me mostra lá o animalzinho — cortou Ramiro de repente.

Depois de pedir licença a dom Gabriel ("é melhor você não ir, pai, lembre-se de que, quanto menos se queimar, melhor"), Ramiro e J. foram ao curral.

— Não dê muita trela a meu pai — disse Ramiro. — Decaiu muito nos últimos tempos, sabe?

Que o velho decaíra muito, não era segredo para ninguém. O que J. não entendia era por que razão Ramiro estava tentando justificá-lo; outras vezes ouvira dom Gabriel dizer disparates em altos brados e nunca tinha ouvido até então ninguém da família se desculpar por ele.

Antes de chegar aonde estava o touro, J. encontrou a explicação do caso: simplesmente Ramiro queria vender-lhe sua fazenda. E, de fato, ainda não tinham caminhado muito quando propôs um negócio direto e difícil de recusar: lhe entregava a fazenda para que a pagasse à prestação, uma em três anos e outra em cinco; no ato não precisava dar nem um peso, e os juros sobre a dívida seriam menores que os do banco.

Estava bem claro que o homem não queria que seu pai botasse mais dinheiro numa fazenda sem futuro. Além disso, J. o conhecia bem e sabia que Ramiro era incapaz de viver muitos dias longe de sua cidade; uma fazendinha mediana, a não mais de meia hora de Medellín, era do que precisava; e esses quinhentos hectares selvagens, situados quase no Panamá, com certeza devem ter-lhe devorado mais de uma noite de sono.

Ramiro olhou o touro com respeito e indiferença. O animal pastava pacificamente, rodeado de garças brancas. Assustou-se quando soube do preço e mais ainda ao saber que havia sido pago à vista; ao que tudo indicava, J. tinha dinheiro e não o investia muito racionalmente.

De volta à casa, continuaram discutindo o negócio. J. disse que estava interessado, mas que precisava de uns dias para pensar.

— Pense o quanto quiser — disse Ramiro —, meu pai e eu ficamos mais um pouco por aqui, de modo que tem tempo.

Como o que era importante já havia sido comunicado, Ramiro, para dizer alguma coisa, perguntou sobre o projeto de exploração da madeira. Com relutância, pois sabia que na verdade o assunto não interessava ao outro, J. lhe deu alguns detalhes insignificantes:

— Trata-se de nivelar o morro — disse finalmente. — É uma operação até bem simples, você sabe...

Quando chegaram à casa, Elena conversava na varanda com dom Gabriel. J. viu a mão do velho, nodosa como uma raiz velha, repousando sobre o joelho moreno dela. Dom Gabriel não mudou de postura ao vê-los, certamente esperava que a mão no joelho fosse tomada como um gesto paternal. Elena se apoiou familiarmente no ombro do velho, pediu licença para se levantar e foi beijar J. na bochecha. Era o primeiro gesto carinhoso com ele em muitos dias, na verdade era o primeiro gesto de qualquer tipo dirigido a ele depois de muitos dias. A necessidade de escapar daquele pedaço de múmia em seu joelho parecia ter acelerado os termos da reconciliação.

— Dom Gabriel estava me ensinando como acabar com a aftosa — disse a J.

— O pai de Ramiro é uma das maiores autoridades em aftosa no sul do México, mana. Não perca uma palavra.

O velho parecia lisonjeado; Ramiro foi tomado por uma sensação incômoda.

Antes de ir embora, dom Gabriel expôs um grandiloquente sistema para a cria de ovelhas de corte na região. Já montado no cavalo, chamou J. e, falando-lhe ao ouvido, repetiu que a venda da fazenda só por cima de seu cadáver. J. disse a ele que podia ficar tranquilo.

— Vamos nos falando então, irmão — disse Ramiro. — Esta semana volto para acertarmos tudo.

Elena e J. permaneceram de pé na varanda, olhando os cavalos a se afastar.

— Vou dar um mergulho no mar, não demoro — disse J. quando os cavalos desapareceram. — Se a aftosa vier, diga que espere, que já volto.

Elena abaixou a cabeça para não rir.

# 19

“... E ENTÃO SE ENCHEU de hectares. Não é que eu queira criticá-lo, pois eu lhe quis tão bem quanto qualquer um, mas francamente me dá a impressão de que se deixou levar por certo delírio de grandeza. No momento de sua morte, era dono de quase mil hectares, imagina? E estava à frente de um desmatamento desenfreado (conforme me disseram), no qual os serradores cortavam a madeira que queriam, como e quando queriam. Nem um sopro de racionalidade em nada do que fez lá, ao que parece. E deve ser verdade, porque da última vez que o vi em Bogotá, tomou um porre tremendo e começou a maldizer o mundo inteiro, como um revoltado. Insultou minha mãe, a mim, você, Elena e a raça humana em geral. 'O ser humano é uma merda, o ser humano é uma merda, o ser humano é uma merda'... Mil vezes, até que foi dormir. No dia seguinte, não se lembrava de nada do que tinha dito ou feito. Imagina alguém nessas condições coordenando quinze serradores de Turbo, aviões e tudo o mais? Acho que Jorge tem razão: essa mescla de literato, anarquista, esquerdista, negociante, colono, hippie e boêmio não tinha nenhuma chance de durar. Teve sorte de chegar aos 34 anos.

"Certamente esta carta vai te confundir ainda mais. Mas o fato é que não sou precisamente a pessoa mais indicada para esclarecer tal imbróglio. Se escrevo, é para acompanhar você aí, onde está sozinha, e a morte dele deve estar te machucando muito, e não por pensar que entendo alguma coisa sobre o assunto. Fui quem mais se surpreendeu ao ficar a par do que ele estava tocando na fazenda. Até onde eu sabia, tratava-se de um projeto sem grandes pretensões a não ser desfrutar do mar, uma boa canoa para pescar e remar, e algumas vacas e galinhas. Quando pediu minha opinião sobre a compra da primeira fazenda, eu lhe disse que me parecia muito grande, e que ele não ia morar na terra toda nem conseguiria caminhar por ela todos os dias. Porém não me ouviu. Queria ser latifundiário? Não sei, ainda não tenho muito claro. Quando comprou a segunda fazenda, compra insensata como nunca se viu, já não me perguntou mais nada. Nos últimos tempos, você sabe, nossa amizade tinha esfriado um pouco.

"E agora que toquei nesse ponto, gostaria de esclarecê-lo bem, para tranquilidade minha e talvez sua também. Apesar de tudo, nos amávamos muito. Até o fim, nos amamos muito, sei disso. Só que, principalmente depois de beber umas e outras, ele começou com a mania de me atacar por meu suposto intelectualismo. Costumava dizer, em resumo, que tinham me sofisticado em Bogotá, que tinham me afeminado o cérebro. Essas críticas me doíam muito, pois vinham de uma espécie de machismo primitivo — e falso — de homem sem Deus nem lei, uma revolta ligeiramente ridícula de se pensar como um homem superpreparado, mescla de Jimi Hendrix e algum personagem de *La vorágine*. Uma vez fui visitá-lo em Envigado e não gostei nada do que vi. Já estavam morando havia algum tempo na fazenda e esta era a primeira vez que vinham juntos. Passaram oito dias tomando todas à noite e, quando cheguei ao apartamento, estavam no meio de uma farra violenta, com muito álcool, baseado e rock pesado, rodeados por um bando de parasitas. Tanto Elena como ele representavam seu papel de descolados, gente que não acreditava em nada nem em ninguém, curtidos pelo mar e pela maresia etc.

"Como sempre, J. era o que servia a bebida, a erva, a música e até a comida.

"Estavam insuportáveis. Desfraldaram uma agressividade extremamente desagradável, um humor desrespeitoso e barato, e muito anarquismo, também barato. No dia seguinte, é claro, de ressaca, estavam novamente amáveis, normais, como sempre. Elena inclusive estava muito suave, sem nenhuma das atitudes de concubina orgulhosa que demonstrara de noite. Quando, talvez com pouco tato, adverti J. de que devia estar atento à adulação — e à parasitagem — desses envigadenhos de montanha, houve um escândalo que você nem imagina. Eles me disseram — não sem razão, talvez — que eu mesmo era um envigadenho, porém sofisticado por uma faculdade de Filosofia e Letras de Bogotá, que passara a me masturbar com livros por medo de enfrentar a vida de carne e osso, que eu posava de juiz com muita propriedade, com gosto etc. Eu disse a eles o que escrevi acima: que ele estava se achando demais (algumas palavras rasuradas) e ela, uma versão roqueira de María Félix. Depois da confusão, fizemos as pazes, claro, e inclusive J. ficou chamando Elena de 'María' a tarde toda. Mas, daí em diante, passamos a nos tratar com prudência, brincando muito de leve, sem aprofundar nada e cada um mais convencido que o outro de que tinha razão..."

# 20

O MAÎTRE ABRIU O VINHO e serviu um pouco na taça de Fernando, o gerente do banco, que o cheirou — já tinha cheirado a rolha — e falou que era bom. Quando o homem saiu, Fernando disse que havia melhores, mas que não era ruim. J. ligara-lhe para dizer que queria conversar com ele em algum lugar diferente do banco, e Fernando o convidou para almoçar no Clube Medellín, do qual era sócio. “Para falar da Europa, vida de merda a minha...”, pensou J. e pediu a Elena que o acompanhasse. "Não tenho nenhuma vontade de ver a cara de bunda desse sujeito", respondeu ela.

Fernando vivera quatro anos na França, e J., dois na Inglaterra. E, como J. precisava muito da renovação do empréstimo, não teve opção senão ir, e sozinho, para falar da Europa. Os quatro anos de Fernando na França foram os mais importantes de sua vida; nesse tempo foi louco e bandido, roubou enlatados nos supermercados, livros nas livrarias e aprendeu a ligar para a Colômbia dos telefones públicos sem pagar. Esses também foram os anos mais culturais de sua vida; conheceu catedrais e artistas e inclusive chegou a ser amigo de Paco de Lucía. Falaram disso na ocasião, enquanto Fernando tomava o vinho em pequenos tragos, desfrutando do buquê minuciosamente, como um conhecedor.

Quando lhes serviram a comida, J. aproveitou uma pausa no assunto e, muito solenemente, pediu um conselho profissional. Contou a Fernando do projeto de negócio madeireiro e pediu sua opinião. Lisonjeado pela consulta, o outro expôs os prós e os contras com muita clareza. Inclinou-se aos prós, mas alertou com critério que era preciso conhecer o negócio no local antes de arriscar uma opinião definitiva. "De repente apareço lá para umas férias", disse quando J. o convidou a visitar a fazenda. Tiraram a mesa e Fernando pediu um *pousse-café*. "Um *pousse-café* depois das refeições é altamente digestivo, isso aprendi com os franceses", disse, e J. o olhou com olhos irônicos e nada afetuosos.

J. tomou o licor achando que era "doce pra caralho" e expôs com toda a segurança sua necessidade de renovar o empréstimo. Primeiro Fernando elogiou o digestivo e então começou a falar devagar, muito devagar, sobre o assunto. Parecia ter vindo preparado, pois disse muitas coisas antes que o outro soubesse a resposta definitiva. Mencionou a declaração de renda de J. — nada boa, pelo jeito —, mencionou a amizade de anos, falou de sua posição no banco e do quão escrupuloso tinha de ser na autorização de empréstimos. Por último, disse que sim, que renovava o empréstimo, mas que essa seria a última vez. Ficou ligeiramente corado e acendeu um cigarro. J. lhe agradeceu e acendeu também um cigarro. Soltando fumaça pela boca e pelo nariz, perguntou qualquer coisa sobre os anos de Fernando na França.

# 21

A NOVA FAZENDA TINHA DOIS ranchos feitos de palmeira, cada um com dois quartos, e a compra solucionava o problema do alojamento dos serradores. Um dos ranchos precisava de reparos, mas o outro estava pronto para ser usado. Na volta de Medellín, onde, além de renovar o empréstimo, tinham assinado a promessa de compra da fazenda, J. e Elena falaram em Turbo com o empreiteiro que Julito conhecia. Sete serradores desembarcaram então com eles na frente da casa, cada um com uma serra portátil a gasolina. Também desembarcaram um barril grande com o combustível que J. comprara para vender a eles. Pesava toneladas e foi muito difícil carregá-lo pela praia. Na falta de lugar melhor, puseram-no numa espécie de galpão construído a uns vinte metros da casa, onde havia coelhos e preás, presente especial de dom Eduardo, sempre tão bíblico. J. não gostou nada de ver aquele recipiente feio, que soltava vapores fantasmagóricos com o calor, entre seus animais. "Vamos ter de conseguir um lugar melhor", pensou. "Mas, de todo modo, terá de estar à mão para as vendas, e inclusive para que não me roubem a gasolina..."

Julito havia advertido sobre os serradores. Segundo ele, era o pior tipo de gente, acostumada a ser tratada sem consideração, desprovida de nobreza, ladra do que ficasse à vista, agressiva quando bebia e inescrupulosa em sua profissão. J. achou que ele estava exagerando; os homens que contratou pareciam bem normais, um tanto caros para as suas habilidades, é verdade, como o próprio Julito, habilidades que exageravam sempre que podiam. "Como quase todo mundo por aqui, ao fim e ao cabo", pensou. Falavam muito e tinham um humor muito afiado, pois riam com vontade, o que para J. era algo incompreensível. Os sete eram altos e parrudos; todos negros. O intermediário lhe assegurou que eram trabalhadores de primeira, grandes conhecedores de seu ofício. "Trabalhadores de primeira tenho quantos precisar", dissera. "E cada um com sua própria ferramenta, sabe?" J., porém, preferiu começar só com sete, por um lado porque ainda não tinha consertado o outro rancho e não queria alojar ninguém em sua própria casa, e, por outro, porque queria começar com prudência, até pegar o jeito do negócio.

No entanto, na primeira noite dormiram na casa. Acabou ficando tarde demais para irem a pé, com serras e outras coisas, para a outra fazenda. Penduraram, então, as redes na varanda e decidiram passar a noite ali mesmo. J. conversou com eles até tarde, tomando cachaça. Falaram do negócio, de quantas toras um homem podia cortar por semana, do tipo de instalações que deviam ser construídas num terreno em aclive, assuntos assim. Também chegaram a um acordo sobre a alimentação: a princípio viria da casa, preparada por Mercedes, mas J. já vinha falando com Salomón e sua mulher para ver se eles se encarregavam disso. Os serradores pareciam interessados em demonstrar boa vontade e estiveram de acordo com tudo.

Durante a noite inteira, houve roncos e cheiro de gasolina. Elena, de mau humor pela permanência dos serradores, acordou e acordou J. Ela disse que o cheiro de suor e de gasolina não a deixava dormir, queixava-se dos roncos que vinham da varanda. J. perdeu a paciência. Exasperado, disse que os homens não cheiravam nem pior nem melhor que ninguém, que não vinham para uma festa, mas para cortar madeira, e que, quanto ao cheiro de gasolina, era melhor que ela fosse se acostumando porque ia durar.

“Temos que viver de alguma coisa”, concluiu. “Então cala a boca e deixa de babaquice.” Elena se fechou em si mesma, furiosa, não disse uma palavra mais e por último acabou dormindo. Sem sono, ele continuou bebendo e fumando até que a bebida acabou também por dominá-lo, sem saber nem quando.

No dia seguinte, foram acordados com os risos e a conversa na varanda. Ainda estavam deitados quando o barulho de um motor soou, estrepitoso. Elena pulou da cama e foi direto brigar com o homem que o ligara. Ele disse que só estava fazendo um teste. “Então vai testar longe daqui, mano”, disse ela. “Não queremos serras de merda fazendo escarcéu por aqui.” O homem desligou o motor e olhou Elena com uma mescla de curiosidade, escárnio e ressentimento. Mas não disse nada. Quando ela voltou para o quarto, encontrou J. coberto com o lençol até o queixo, olhando para o teto. A cachaça da noite anterior deixara-o com uma dor leve por detrás dos olhos. Ele não gostou nada da maneira como ela tratara o homem, mas a dor de cabeça o dissuadiu de iniciar o que poderia se transformar numa briga longa. Tomou duas aspirinas e dormiu mais um pouco. Quando acordou pela segunda vez, já se sentia melhor e foi falar com os serradores.

Os homens tinham ido para a outra fazenda, e a madeira da varanda ficou manchada pelo óleo que as máquinas soltaram de noite. Elena e Mercedes tentaram tirar as manchas com esfregão e água quente, mas a madeira, porosa, já havia absorvido muito óleo, e as manchas ficariam para sempre nas tábuas. Elena, levada talvez por uma raiva superior à causa — no fim das contas, se tratava de um casarão feio e sem solução, e umas manchas a mais pouco importavam —, resolveu tirá-las para poder brigar com Mercedes. Como sempre, a mulher começou a chorar e se fechou no quarto. Quando a raiva passou, Elena foi pedir desculpas a ela. Talvez se sentisse culpada, talvez temesse a chegada de J. ou de Gilberto. Em todo o caso, Mercedes aceitou as desculpas e prometeu não tocar no assunto com o marido.

Nesse dia, J. presenciou a queda da primeira árvore. A serra começou a roer e roer, com um grunhido covarde, e, de repente, a árvore, uma paineira imensa, passou a emitir pequenos estalos que pareciam vir da própria terra. Os serradores gritaram e a árvore foi ao chão com um ruído seco, e, em sua queda, como num apocalipse, arrastou um universo de parasitas, ninhos de pássaros, arbustos, trepadeiras e pequenas árvores. Assim que tudo ficou quieto, as serras esquartejaram a árvore como se fossem uma matilha, desmembrando-a com uma velocidade canina.

Quando J. entrou em casa, vinha sombrio. Sem dizer uma só palavra, se sentou na varanda para olhar o mar; sem dizer uma só palavra, tomou o café que Mercedes lhe deu. Depois de um tempo, entrou na loja, onde Elena estava lendo, e desceu uma garrafa de cachaça das prateleiras. Destampou-a e tomou um longo gole enquanto saía outra vez para a varanda. Quando se sentou, tomou outro longo gole e pôs a garrafa no chão. Não quis almoçar. Às duas da tarde, diante de um sol deslumbrante que estalava nas ondas, adormeceu na cadeira, profundamente bêbado. Os gansos-patolas, numa longa curva, cruzaram o mar calmamente. Elena e Mercedes carregaram-no até a cama, tiraram-lhe as sandálias e cobriram-no com um lençol. Dormiu a tarde toda. Quando acordou, já de noite, ouviu o rum-rum-rum da máquina de costura. Depois foi até a janela e viu uma lua grande sobre o mar. Ainda meio bêbado, entrou na loja, se aproximou de Elena por trás e deu-lhe um beijo no ouvido enquanto lhe acariciava os seios.

# 22

À DIFERENÇA DE J., QUE ia ao casario pelo menos duas vezes por semana — sempre ficava para almoçar, e quase sempre lhe davam arroz com caranguejo —, Elena não voltara desde a primeira vez. Além da própria mãe, que a irritava demais com seu histerismo religioso, Elena não conhecera outros idosos e costumava desconfiar deles. Dona Rosa, especialmente, lhe parecera antipática: não gostou da maneira, de igual para igual, como ela os tratara;

não gostou sobretudo do modo pouco deferente como a tratara. Várias vezes J. a convidou para ir com ele visitá-la, mas Elena sempre encontrava desculpas. "Não vou porque não gosto de ser olhada por esses negros como um animal exótico", disse por fim, e ele não voltou a insistir.

Por sua vez, Elena não era nada popular entre as pessoas do casario. Primeiro, as histórias de Mercedes sobre o modo como os tratava, a ela e a Gilberto, levaram o povo do casario a formar uma opinião ruim; depois houve alguns enfrentamentos diretamente com alguns deles.

Elena começou a tomar seus costumeiros banhos numa baía pequena, não longe de casa, onde a areia era muito branca e a água, muito azul. Nadava quase sempre sozinha — J. era mais viciado em olhar o mar do que em mergulhar nele — e depois se deitava na areia para pegar sol. A baía ficava no caminho entre o povoado e o casario, e as pessoas precisavam cruzar a praia onde ela, num biquíni branco que contrastava com sua pele cor de canela — escurecida agora pelo sol —, tomava seu banho de mar diário. Quando eles passavam assoviando ou fumando tabaco, Elena sentia que a olhavam; quando se afastavam, assoviando, sentia que se afastavam observando-a. E, muitas vezes o faziam, de fato. Não apenas os homens, mas também as crianças que passavam com fieiras de peixe nas mãos, ou as mulheres que equilibravam panelas de alumínio na cabeça. Em todos gerava um interesse instantâneo, ingênuo e, ao que parecia, inesgotável.

Raramente a cumprimentavam ao passar. Em algumas ocasiões, as crianças chegavam a parar para olhá-la com olhos grandes, onde não havia escárnio nem amizade, mas pura curiosidade. Quando ela os botava para correr, as crianças saíam andando lentamente, sem deixar de olhá-la. "Té logo, dona!", gritavam antes de ir embora.

Uma vez teve uma discussão com uma negra que passava todos os dias por ali — gorda, jeitosa, imponente — levando uma bacia com roupa lavada na cabeça. A bacia girava com parcimônia quando a negra, sem parar de caminhar, começava a olhar para ela. E, quando o pescoço já não aguentava o giro, a cabeça voltava a se endireitar suavemente. Depois, sem perder a lentidão, o balanço nem a dignidade, mulher e bacia se metiam na trilha e desapareciam.

Naquela manhã, Elena tivera uma discussão com J. a propósito de os serradores irem comer todos os dias à casa, e estava deitada na praia pensando nisso, sua cabeça feito um intenso turbilhão de mau humor. Foi aí que a mulher passou. Talvez estivesse cansada, talvez tivesse apenas arrebentado a sandália, o fato é que se sentou, baixou a bacia e a pousou na areia.

Elena não conseguiu se segurar.

— Toma teu rumo, negra enxerida! — gritou. — Está na fazenda dos outros!

A outra não se alterou nem levantou muito a voz. Respondeu que passava por ali havia vinte anos e não precisava de nenhum recém-chegado lhe dizendo por onde podia andar. A discussão, ácida por parte de Elena, irônica e calma por parte da negra, continuou por um momento. Mas a mulher ficou ali o tempo que bem quis. E, como não ia embora, foi Elena quem acabou arrancando a toalha da areia e se mandando para casa.

— Metidos que só eles! — queixou-se, amarga, naquela noite.

Estavam sentados na praia, em frente à casa. As ondas caíam sobre o cascalho e soavam como uma tempestade de granizo pesada, depois voltavam como chocalhos de maracas. Num prato havia um saleiro pequeno e pedaços de limão e de manga verde. J. adquirira o hábito de beber algumas pingas — às vezes muitas — todas as noites. Agora, de bermuda, sentado de frente para o mar, mantinha a garrafa presa entre os pés descalços. Não havia lua, mas a noite estava clara e o céu, cheio de luzes. Pela enésima vez, J. explicava a Elena algo que ela sabia muito bem: que eles olhavam com autêntica curiosidade e não com má intenção.

— Quanto mais você se irritar, mais vão olhar.

Elena não disse nada, tomou da cachaça e lhe devolveu a garrafa.

— Estou cansada — disse. — Acho que é melhor eu me deitar. Vê se não se embebeda muito.

Antes de ir, pegou a garrafa e tomou mais um gole. Ela pôs sal num pedaço de manga e se afastou com ele nos dentes. Pouco depois, J. viu suas formas agigantadas no quarto enquanto ela se despia. "Tudo é extremamente difícil e belo", pensou ao ver a sombra de Elena se movendo naquela porção de luz amarela, diminuta cavidade de amor sob a noite imensa. Pôs um pouco de sal numa rodela de limão, deixou preparado na mão e mandou pra dentro um trago. Às vezes, principalmente com a cachaça, a alegria costumava explodir dentro dele. Luzes, sensações, visões e intuições vinham em jorros, como numa explosão de fogos de artifício. Com essa sensação no estômago permaneceu um bom tempo, bebendo e entrando na noite.

No dia seguinte, ela não quis ir à sua baía. Na hora do banho de mar, estava enfurnada na loja, lendo. Quando a cabeça de uma menina negra apareceu na janela ("Minha mãe mandou perguntar se pode pegar fiado meio quilo de arroz"), Elena a olhou com claro rancor e disse que não lhe fiava merda nenhuma, porque já deviam demais. A menina ficou olhando-a em silêncio enquanto ela fingia ler.

Quando a cabeça negra desapareceu, Elena olhou para as prateleiras onde estavam arrumados os pacotes de arroz. Então foi até a janela e chamou a menina, que se afastava devagar pela praia. A negrinha voltou a aparecer, e Elena, sem olhá-la, pôs diante dela meio quilo de arroz.

— Diz à sua mãe que ainda posso fiar duzentos pesos, nada mais que isso.

— Obrigada, dona.

Quando a menina se virou para ir embora, o romance voou de um extremo ao outro da loja, como uma ave enlouquecida, e foi se estatelar na parede.

Durante alguns dias, Elena não quis sair de casa. Disse a J. que se sentia com febre e perturbada, e passava quase o dia todo na cama, lendo e dormindo. Só se levantava para atender algum cliente ou para acompanhar J. no almoço. Uma vez lhe disse que estava se sentindo muito triste e começou a chorar. Ele sabia que ela não estava doente, era evidente que passava por um momento ruim — já acontecera, antes mesmo da fazenda — e precisava que a mimassem um pouco. Coisa que ele fazia com gosto: media sua temperatura, se levantava durante a noite para levar coisas para ela, a fazia rir. Surpreendentemente, foram dias felizes. Dos últimos dias bons que viveram juntos.

# 23

CHEIROS. CHEIRO SOMBRIO DE MANGUE que vem com o vento às vezes. Cheiro de caranguejo morto e cru, almiscarado e resinoso. Cheiro do pasto ao meio-dia, sob o martelo estático do sol. Cheiro de fumaça vindo da cozinha, misturado ao cheiro do café. Cheiro da fritura do peixe ao meio-dia, da fritura da banana, da fervura do coco no arroz. Cheiro dos bronzeadores, dos óleos hidratantes que protegem e embelezam ainda mais a linda pele de Elena. Cheiro do cabelo dela recém-lavado, xampu de ervas, bunda. Cheiro antípoda na latrina, onde moscas zumbem no calor e lagartixas aparecem nas frestas do pau a pique. Cheiro permanente e inerradicável de poeira no piso da casa. Cheiro agora renovado dos livros quando abertos — começando a inchar pela umidade do ar, deteriorados pela constante brisa do mar e pela crescente falta de uso —, como o de margaridas murchando num sótão úmido e quente. E agora também o novo cheiro de madeira recém-cortada, mesclado à bruma de gasolina, a gasolina que esteriliza, queima, afugenta a vida.

"Nov. 16/76: O primeiro envio de madeira foi um sucesso. Me parabenizaram pela qualidade, embora tenham se queixado de alguns defeitos que o mau uso da serra produz na madeira. Me aconselharam a ficar em cima dos serradores, para que não se atropelem cortando a madeira. Pagaram o combinado."

"Nov. 19/76: Afinal a mulher de Salomón começou a entregar comida para os serradores. Elena não pode vê-los nem pintados de ouro. Eles só vêm aqui quando precisam de alguma coisa da loja — e as compras fiadas vão se agigantando —, para comprar gasolina ou para falar comigo. Desde que chegaram, os fiados de cachaça aumentaram cem por cento."

"Nov. 22/76: O tempo continua bom, não tem chovido muito e também não fritamos de calor. Desde que dom Eduardo colocou a mão, a bomba não voltou a dar problema. Habilidoso, o homenzinho!"

"Nov. 25/76: A doideira de Elena passou. Hoje a acompanhei no banho de mar. Ela não deixa de ter razão quanto às olhadas. Filhos da puta! Mas as pessoas também não deixam de ter razão: com os tais óleos, a pele dela sob o sol parece cobre de tão lisa. Sem dúvida, eles a veem brilhando na praia de longe. Além do mais, nunca se sabe quando ela vai explodir.

Salomón enganchou a rede num tronco e fez um rasgo enorme, mas já começou a remendar e o remendo está ficando melhor que o original."

"Nov. 26/76: Ontem parou uma lancha lá na praia. Era de fibra de vidro, com motores de popa quase novos, e trouxe cinco riquinhos de Medellín, duas fêmeas e três caras. Queimados de sol, todos, cheios de arpões, uísque, máscaras e pés de pato. As garotas eram gostosas. Uma é filha de um tal doutor Penagos (M.D.), dono de uma fazenda gigantesca ao norte daqui. Já tinha ouvido falar dele, é famoso pela riqueza e pela habilidade de despejar os camponeses de suas terras.

Conversamos um pouco na varanda. Como estou longe, mano, de ser como aquela gente! Me apavora pensar que tive a oportunidade de ser assim, ou como Ramiro, por exemplo. Salvei-me por um milagre, ou os deuses estiveram comigo. Um deles quis saber quando iríamos instalar um gerador na fazenda; outro viu meus livros e perguntou se eu já tinha lido *Papillon*. Eu li, claro, mas disse que não, para não ter que comentar a porcaria do livro.

Depois de uma garrafa de uísque, comecei a gostar um pouco deles, mas foi justo aí que as garotinhas começaram a reclamar com aquele tom suplicante das burguesinhas antioquenas, vamos embora, Juan Camilo, que já está tarde, que meu pai e tal, e então voltaram com as máscaras e os pés de pato para a lancha e foram embora entre o estrépito e o fedor de seus motores. Disseram que voltariam, Deus queira que não."

"Dez. 1/76: Acho que o que mais me agrada nesse mar é o cheiro de mangue. O da Inglaterra é inodoro e insípido, esse cheira um pouco a podre, morte e vida, lugar onde se cruzam.

Acho que estou meio bêbado. Quando estou assim, fico literário. Elena está dormindo e respirando devagar. Ela ficou com uma tetinha de fora. Me aproximei e senti um cheiro de óleo Johnson's. Chupei o mamilo e tem gosto de sal. Sal.

Quando este livro estiver cheio, vou jogá-lo na privada. Vai se desfazer dentro de nossa casa, vai se decompor em seus elementos, gases, organismos de vida curta, terra fecunda, vegetação. Vulgar e humilde transubstanciação das coisas de alguém, brother. O eterno retorno do mesmo verme, da mesma latrina, do mesmo sujeito.

Com licença, vou ao banheiro."

Desceu de cueca pela escada de madeira até que as plantas dos pés sentiram o pasto áspero. Caminhou em direção à praia até sentir a areia, e em direção ao mar até que seus pés sentiram o cascalho grosso de caracóis, conchas e pedras pequenas. Deu alguns passos dentro d'água tentando não se machucar e desconfiando dos ouriços. Era o amanhecer e o mar estava liso. Então urinou na água.

"Sim. Nenhum pensamento tem a contundência de comer uma manga madura — acho eu. Para não falar de papaias, melões e graviolas. Por outro lado, não há angústia vital maior do que ter vontade de urinar e não poder, e não há satisfação maior do que fazê-lo no mar, água sobre água, e sob a luz dos planetas. Acho que Mercedes já se levantou: sinto cheiro de café."

Tirou a cueca e vestiu a bermuda. Mercedes dava de mamar ao menino — este grandalhão que já começava a dizer suas primeiras palavras — recostada numa cadeira na parede.

— Esse daí só vai desmamar quando for servir no exército — disse J.

A gargalhada de Mercedes era limpa e sonora.

— Esse dom J.! — disse ela.

Carregando o moleque pelas nádegas, se levantou, retirou uma xícara de estanho do armário e a colocou sobre o fogão. Sem pano nem nada — coisa que ele sempre admirava em silêncio —, pegou a panela fumegante e encheu a xícara. J. saiu da cozinha saboreando o café, andou até a varanda, tomou um trago de rum e ficou esperando o amanhecer.

Pouco depois o sol nasceu, laranja e lento, acima do horizonte. Havia cheiro de carne frita e alvoroço de cães e galos. Salomón e seu filho remavam mar adentro. Aos olhos de J., o mundo cintilava, esplêndido. Mercedes serviu o café da manhã dele na varanda, e ele comeu com vontade. Depois tomou banho, calçou as sandálias e vestiu uma camisa limpa. Numa mochila colorida, estavam a trena, o martelo de marcar madeira e o caderno de controle. J. pegou da loja meia garrafa de cachaça e a meteu também na mochila. Acariciou Elena e foi para o morro.

Nessa mesma noite, leu as últimas páginas escritas, arrancou as correspondentes a Dez. 1/76 e as jogou na privada. Escreveu:

"Dez. 2/76: Hoje derrubaram o maior *caracolí* que vi na vida. Com certeza faremos uma grana boa dele. Também vi um enorme bando de micos. Um dos serradores atirou neles com uma espingarda, mas não acertou nenhum.

Uma cobra matou um bezerro."

Quando J. levou o segundo carregamento de madeira, precisou ficar em Turbo por uma semana; no dia seguinte à sua chegada, o mar ficou bravio, e bravio continuou por vários dias. Dormiu na casa de Julito. Passava os dias tomando cerveja numa sorveteria que funcionava no segundo andar, em cima de um estacionamento, onde ficava longas horas entediado, olhando a praça, meio hipnotizado pelo calor, pela cerveja e pelo vaivém dos jipes, embaixo.

Duas ou três noites, ficou vendo filmes de caratê, que parecia ser a única variedade disponível, num teatro sem teto que tinha bancos de madeira como os de igreja. E uma noite foi com Julito a um bordel.

O local cheirava a perfume, suor e cigarro. Havia ventiladores de teto e tocavam tangos. Às quatro da manhã, Julito, muito limpo, de camisa *guayabera* azul, observava J. de sua poltrona. Estava bêbado, mas tentava não parecer. J., quase dormindo, tinha a barba metida no decote de uma mulher muito branca e rechonchuda, sentada em seu colo. Sobre a mesa, havia uma garrafa de rum, copos altos com bordas douradas, poças d'água e um *cooler* com gelo derretido. A luz era ao mesmo tempo azulada e vermelha. As mulheres, vestidas de vermelho intenso ou rosa sedutor, entravam e saíam de cortinas brocadas e poeirentas. Um homossexual negro mariposeava, fino e noturno, pelo luxo das luzes e das cortinas.

Quando J. se levantou, alto e baqueado pela bebedeira, a mulher se meteu embaixo de seu braço. Juntos desapareceram por detrás da cortina sob o olhar enrubescido de Julito. Uma hora depois, a dona do bordel, uma coruja velha e agressiva, exuberante em pulseiras e cosméticos, disse ao barqueiro que ele devia levar embora o homem, que estava muito bêbado e acabou dormindo no quarto. Julito conseguiu acordá-lo, ajudou-o a sair dali e o levou para casa.

Quatro dias depois, ao chegar à fazenda, J. descobriu que cerca de mil metros quadrados de terra e uma faixa de mar haviam sido cercados com arame farpado. Cinco fileiras de arame saíam de um grande poste de madeira cravado no mar, atravessavam a praia, atravessavam a trilha, entravam um pouco pela montanha, percorriam uns duzentos metros para o sul, cruzavam de novo a praia e finalmente chegavam a outro poste cravado no mar, cobrindo completamente a pequena baía onde Elena tomava seus banhos.

Durante a viagem, J. esteve tagarela e contente, falando besteiras com Julito e ouvindo pela centésima vez suas histórias. Viu o curral de longe, a lancha ainda não havia começado a diminuir a velocidade.

— Mas para que é a cerca, patrão? — perguntou então Julito.

Os postes pareciam altos e firmes, os fios de arame bem fechados. Era uma nítida divisão de mar e praia, uma cuidadosa porção de vazio tropical.

— Não faço ideia — disse J.

Quando J. chegou a casa, viu que os rolos de arame que estavam embaixo da varanda, dez rolos novinhos, comprados um mês antes para a manutenção dos pastos, não estavam mais lá. Encontrou Elena na loja, de pé sobre uma cadeira, arrumando uma estante alta.

— E aí? — disse, sem descer. — Curioso, não ouvi a lancha. Julito te trouxe?

— Como é que tá? — disse J., frio, furioso. Atormentado, na verdade.

Jogou a mochila num canto e saiu da casa. Foi olhar a cerca. Os arames estavam muito bem cravados e apertados. Um trabalho bem-feito. Com a calça acima dos joelhos, entrou no mar. Os postes eram grossos, firmes.

Foi atrás de Gilberto.

— Você enlouqueceu, Gilberto? — perguntou sem cumprimentar.

Complicando-se, contradizendo-se, num longo imbróglio que enfureceu J. indiscutivelmente, Gilberto explicou que ele achava que era Elena quem mandava quando J. não estava; que ele dissera que era melhor esperá-lo para ver a questão da cerca, mas que ela ameaçou demiti-los, e que, se J. quisesse, ele podia retirar o arame.

— O senhor sabe como é a senhorita Elena quando se irrita — disse por fim.

— Quem foi que fez?

— Eu e Roberto.

— Não vou pagar nem um peso por esse trabalho, Gilberto — disse J. — Você que se entenda com ele.

— Como o senhor disser, dom J.

— E que seja a última, mas a última vez que algo é feito sem minha autorização, entendeu? Quando eu não estiver, faça o que eu tiver dito para fazer, nem mais nem menos.

— Sim, dom J.

J. deu-lhe as costas e saiu. Como tinha a cabeça envolta numa nuvem negra, preferiu não voltar imediatamente para casa. Caminhou um pouco pela praia, mas em direção ao norte, onde não conseguisse ver a cerca, e sentou-se por lá para esperar o mau humor passar. Finalmente resolveu agir.

Quando contou a Elena, ela ficou furiosa. Disse que não ia deixar que a transformassem num zero à esquerda naquela merda de lugar, que ela tinha direitos na fazenda, que era muito escândalo por uns pedaços de arame, que sua única diversão naquela merda era o banho de mar e que não ia deixar que tirassem isso dela assim sem mais.

— Tire a cerca e vou embora — disse.

Não era uma ameaça vazia e J. não retirou a cerca. Tampouco voltou a acompanhá-la em seus banhos. Uma vez dom Carlos, que passara a visitá-los, perguntou inocentemente pela finalidade do arame.

— É o *"Country Club"* da Elena, dom Carlos — disse J.

Elena o insultou seriamente e se fechou no quarto. Dom Carlos foi embora logo depois.

Como os arames cortavam a trilha, as pessoas do casario se viam obrigadas a dar uma pequena volta para retomá-la. Em geral, só davam a volta se vissem Elena tomando sol na praia; se ela não estivesse, simplesmente levantavam o arame e passavam pelo buraco. Muitas vezes Elena encontrou os arames separados com cordas ou pedaços de pano, e ainda soltos. Toda semana, com autorização de J., Gilberto tinha que recuperar a cerca, trabalho infinito e estranho, sobretudo levando-se em conta que o próprio Gilberto e sua família eram os que muitas vezes a atavam e desatavam quando iam ao casario.

# 25

Nenhum dos dois quis viajar para Medellín no Natal. O clima estava fresco, as noites, desmedidamente amplas, e eles se sentiam bem um com o outro. De vez em quando, como quem lança uma alfinetada, J. soltava alguma indireta sobre o aramado; começavam então pequenas brigas que aos poucos iam se transformando quase numa brincadeira.

No dia 24 de dezembro, eles foram convidados para o baile natalino do casario. Como ela não quis ir, J. se limitou a visitá-lo de tarde. Quando chegou, as pessoas pareciam já no ritmo da festa e felizes. O primeiro que o cumprimentou foi Salomón, que tinha uma garrafa de uísque na mão e sua filha mais nova, muito linda num vestidinho repolhudo azul-claro, num dos braços. Quando o viu, deixou a menina no chão e foi abraçá-lo. Com o braço sobre seu ombro, lhe ofereceu a garrafa. Na casa de dona Rosita, lhe deram mais bebida e inclusive comida. A idosa, muito arrumada e maquiada, os lábios pintados de vermelho intenso, estava contente. Parecia satisfeita com a visita de J., embora tenha lamentado que ele não pudesse estar com eles na festa. Agradeceu efusivamente os presentes de J.: um lenço estampado com margaridas amarelas e várias barras de *turrón* importado.

Saiu do casario feliz e grato às pessoas. Chegou a casa às seis e encontrou Elena toda bonita, de saia, esperando por ele. Como Gilberto e sua mulher tinham ido passar a noite de Natal no casario, eles estavam sozinhos.

— Pôs o vinho no tanque? — perguntou.

Ela disse que sim, que já devia estar gelado.

— Vamos pegar uma garrafa, mana. Vamos mamá-la antes de comer.

Tinham conseguido duas lagostas grandes, que Mercedes deixou preparadas com cebola e limão; também uma panelona de ostras, que comeram cruas, com limão e sal. Do casario receberam dois pratos de arroz com camarões.

— Noite de Natal afrodisíaca — disse ele.

O vinho era melhor do que esperavam, só a última garrafa estava meio avinagrada, mas a beberam mesmo assim.

Depois do vinho começaram a tomar uísque.

J. deu-lhe um biquíni azul italiano e um dicionário da Real Academia. Quando Elena lia, gostava de anotar as palavras desconhecidas — para ela, muitas — em papel. Depois, numa ingênua tentativa de se ilustrar, as buscava em um dicionário desgastado e incompleto que tinha arrumado sabe-se lá onde. Por sua vez, ela o presenteou com a *História da arte erótica*, livro de quase mil páginas, com ilustrações que iam de Pompeia até Picasso. Meses mais tarde, um dos policiais da investigação o guardaria sorrateiramente na mochila; sua mulher descobriria e terminaria sendo vendido em Turbo a um comerciante de quadros que o usaria como pornografia comum.

— Nada como pornografia fina — disse J.

Durante a noite toda, ouviu-se a música de *vallenato* que vinha do casario. Pouco antes das doze, Elena e J. soltaram um balão. Como eles eram só dois, precisaram usar cordas finas para mantê-lo aberto enquanto a fumaça o enchia. E conseguiram. O balão subiu veloz, empurrado pelo vento, e foi embora mata acima.

— Se chegar ao Panamá, fico satisfeito — disse ele.

Até mais ou menos três da manhã, J. tinha consciência de si mesmo. Pelo jeito, o uísque não era bom e os dois perderam as estribeiras. Houve então uma briga terrível, mas eles nunca souberam o motivo. Deve ter sido algo muito sério, porque, no dia seguinte, ela tinha um olho roxo e contusões nas coxas, e J., dois grandes arranhões no rosto. Todos os livros tinham caído das estantes e a espingarda apareceu sob a cama, com um tiro disparado.

— Se continuarmos assim, podemos nos machucar muito — disse ela.

J. achou a frase estranha, mas reconheceu que ela tinha razão. Ambos sentiram vergonha e medo.

Foi um dia horrível para eles, o 25.

Reviraram a memória para lembrar, mas foi inútil. Já no dia 26 pela manhã, depois de uma noite calorenta, J. se sentiu melhor.

— Não vamos mais ferrar nossa vida — disse. — Se não nos lembramos, então não fomos nós.

DEPOIS DO NATAL, OS SERRADORES voltaram lerdos e difíceis de lidar. Cortavam mal e pouco, o que deixava J. desesperado, pois via o vencimento do empréstimo chegando e não conseguira economizar nem um peso para pagá-lo.

Uma vez fez uma visita surpresa a um dos locais de corte mais altos, aonde quase nunca ia por conta da inclinação do terreno e da distância, e se deparou com uma verdadeira carnificina. Eles tinham cortado árvores muito pequenas, das quais não foi possível tirar nem uma tora inteira, e as abandonaram despedaçadas; derrubaram árvores pelo lado errado, destruindo na queda montes de árvores menores; as toras foram muito mal tiradas, com sinais de serra por todo lado, muitas sem o comprimento necessário, outras grandes demais...

— Eu não pago essa madeira — disse J.

Os homens se entreolharam e, por um instante, não disseram nada. Depois um deles começou a reclamar, sem levantar a voz e olhando para o chão. J. pensou tê-lo visto sorrir enquanto falava. Então todos começaram a reclamar: disseram que a madeira estava bem cortada e que J. é que não entendia do negócio, disseram que os preços da loja eram muito altos, queixaram-se do percentual, da comida, do alojamento.

Sem perder a calma, J. respondeu da melhor maneira possível. Quando pressionado, conseguia ser uma pessoa convincente. Além do mais, tanto ele como eles sabiam que J. estava tratando os serradores melhor do que em muitos lugares. Os homens tentaram então chegar a um acordo sobre a madeira que ele considerou mal cortada.

— Madeira que estiver mal cortada não será paga. Não vou deixar vocês derrubarem a fazenda para tirar madeira de qualquer jeito.

Começou então outra discussão, aumentaram as vozes, alguém falou em roubo.

Mas J. tinha que se mostrar firme: era um assunto em que não podia ceder, sob o risco de botar a perder o negócio inteiro. Quando Maximiliano, um dos serradores — quase dois metros de altura, troncudo e muito grosseiro —, começou a ficar agressivo, J., indignado — e assustado —, disse-lhe que não o queria mais na fazenda e que passasse naquela mesma tarde na casa para receber aquilo a que tinha direito. Primeiro, Maximiliano se surpreendeu, ficou um tempo em silêncio e por fim disse que J. merecia que o picassem com machado. Pegou o machado e, sem olhar para J., cravou-o com vontade num tronco. J. deu-lhe as costas, repetiu que madeira mal cortada não seria paga e foi embora. Quando já estava longe, tirou a garrafa da mochila e tomou dois tragos grandes.

— Fez bem — Elena disse assim que soube do ocorrido. — Não pode deixar que montem em você.

De tarde Maximiliano apareceu, sozinho e, ao que parecia, calmo. Quando tentou convencer J. de não o mandar embora, J. lhe prometeu toda recomendação de que precisasse, mas disse que não iria atendê-lo outra vez. Maximiliano recebeu seu pagamento sem olhar a conta, sem contar o dinheiro e sem dizer nada.

Soube-se que essa noite os serradores tomaram um porre. Alguém os ouviu, tarde da noite, raspando machados no chão e ameaçando J. Dois dias depois, dona Rosita o preveniu:

"Tem que ter cuidado com essa gente", disse. "É gente má."

# 27

Guillermo, um primo de quem J. gostava muito, foi visitá-los no início de fevereiro. Gordo, uns 25 anos, para J. ele representava a vitalidade sem intelectualismos. Era uma pessoa pouco ilustrada culturalmente, que conseguia comer um quilo e meio de porco frito de uma vez só. Curiosamente, a gula e a luxúria eram o que ele tinha de mais atraente, e praticava ambas com um humor carnal que lhe saía das entranhas e a duras penas passava pelo cérebro. Sabia ver o risível — era bastante observador — e ria com uma gargalhada ampla, de dentes muito brancos, sem nenhuma cárie. Tinha olhos grandes, pretos, cílios longos e crespos que atraíam certas mulheres.

— Que manga maravilhosa! — foi a primeira coisa que disse, assim que pisou na varanda.

Chegara ao meio-dia, quando Elena e J. estavam almoçando. Mercedes fritou mais peixes, que Guillermo comeu com minúcia, chupando os olhos, desmontando cada parte da cabeça e chupando, amontoando as espinhas ao lado, engordurando mãos e barba, elogiando-os. Os olhos de J. se iluminaram com uma leve ironia enquanto o observava comer.

Depois de uma sesta, Guillermo pôs a bermuda e foi até o mar. Na volta tentou perguntar pela cerca, mas J. lhe fez sinal para que não tocasse no assunto. "Não se pode mencionar a maldita cerca", explicaria mais tarde. "A mulherzinha fica louca." Guillermo achou que não lhe faltavam motivos para querer se banhar sozinha. "Do jeito que é gostosa, vão querer comê-la facilmente", pensou. "Nessa areia quente."

À tarde sentaram-se para beber à mesa de jantar. Guillermo tinha uma maneira extremamente ilustrativa de falar; contou-lhes que conseguira um emprego numa empresa que se chamava Bananos de Colômbia e que estava morando num povoado com cheiro de esgoto, cheio de gente desnutrida. A empresa lhe dera uma casa para morar. “Tem quatro quartos, cozinha, dois banheiros e uma mosquitada filha da puta”, disse. O povoado ficava na rota Turbo-Medellín e J. pensou que já tinham onde dormir quando quisessem fazer a viagem em duas etapas.

Já meio alterados, lá pelas seis da tarde, foram ver o touro montar na vaca que um vizinho trouxera. Guillermo ficou excitado com aquela cópula gigantesca e na volta espiava discretamente o decote de Elena. Depois continuaram bebendo até amanhecer.

Pouco depois, Gilberto os acordou com a notícia de que Salomón estava morrendo. J. sentiu uma fisgada de pavor no estômago e teve que ir à privada para vomitar.

Salomón saíra de madrugada para fazer um trabalho no morro, e tinha o machado na mão quando sentiu a picada de uma cobra na panturrilha. Aterrorizado, saiu correndo sem soltar o machado, com a cobra ainda agarrada na carne, como um chicote, então caiu e enterrou o ferro na barriga. Quando o encontraram, delirava, seu rosto estava azul e começava a cheirar a podre.

Guillermo e J. chegaram ao casario e já o encontraram morto. Havia quatro velas pequenas no chão, ao redor de uma mesa sobre a qual estava o cadáver, muito inchado e escurecido. J. não quis vê-lo de perto. Guillermo, cuja fascinação pela morte era tão grande quanto sua gula ou luxúria, presenciou quando dom Eduardo lhe aplicou o formol e o lavou.

Depois de abraçar dona Rosita, J. voltou à fazenda. Como estavam muito impressionados, sentaram-se para beber. De noite teve um pesadelo no qual Salomón entrava no quarto e andava até sua cama. Quando o morto ia lhe dizer alguma coisa, acordou do terror gritando no meio da noite. Elena o acalmou, abraçando-o como quem abraça uma criança, e ele dormiu de novo com a cabeça entre os seios dela.

Guillermo partiu em dois dias, depois de ter presenciado os suculentos rituais do enterro; levava uma bolsa de mangas maduras e vários quilos de carne de paca que comprou no casario. "Se eu não for embora rápido, me transformam num alcoólatra", pensou enquanto se afastava olhando a costa.

J. ficou muito triste de vê-lo partir.

# 28

Assim como J. temia, o carregamento de madeira que ele levou em meados de fevereiro era de péssima qualidade. Os compradores pagaram uma quantia que a duras penas chegava a compensar gastos, e de novo lhe aconselharam a ter cuidado com a maneira como estavam cortando a madeira. J. voltou para a fazenda desanimado e silencioso. O empréstimo venceria em menos de dois meses e sabia que Fernando não o renovaria mais uma vez — ao contrário, aproveitaria para se exibir, negando-o. O mau humor o levou a tratar mal os serradores, às vezes sem necessidade, e a tomar muita distância deles. Um erro, pois ao fim e ao cabo, depois da demissão de Maximiliano, todo mundo voltara a trabalhar bem.

Outro assunto que o deixava desesperado era o gado. Era como se alguém, Deus ou sabe-se lá quem, tivesse decidido que o rebanho não aumentaria nunca. Quando nascia um bezerrinho, roubavam-lhes um novilho, caía um raio sobre uma vaca ou perdiam outro bezerro. A princípio J. tentou levar o assunto com a calma que lhe era própria, depois, a notícia de um animal morto chegava a lhe escurecer o dia completamente, e suspeitas de confabulações pessoais o deixavam com os nervos à flor da pele. Precisava então de alguns tragos para escapar das tormentas de mau humor que várias vezes o levavam a tratar mal Elena, Gilberto e quem mais lhe aparecesse na frente.

Meses antes, J. trouxera de Medellín, com *pedigree* e tudo a que tinha direito, ainda filhote, uma cadela de raça pastor-alemão que acabou se mostrando extremamente inquieta e exasperante. Roeu a capa de vários livros, o pequeno rádio transistor de Gilberto e vários pares de sandálias de Elena, entre outras coisas, motivo pelo qual, depois de um mísero mês com ela, J. resolveu dá-la de presente a Salomón, que amava os animais e sabia como tratá-los. Com a morte de Salomón, J. voltou a cuidar dela, agora um animal grande, de um preto brilhante, que continuava inquieta como sempre fora. Tratava-se na verdade de um caso curioso de loucura animal: a cachorra ladrava constante e compulsivamente, agredia as visitas, e, quando J. ou Elena chegavam a casa de qualquer lugar, os recebia com uma efusividade de furacão, arranhando-os, metendo o focinho entre as nádegas deles e esfregando-se nas roupas deles. Era tão bruta que muitas vezes precisavam se armar com um pau para evitar que pulasse neles. Uma vez tentou morder dom Eduardo, que fora visitá-los, e J. decidiu amarrá-la. Aí enlouqueceu de vez: latia dia e noite; se enrolava na corrente, começava a uivar e era preciso ir desenrolá-la muitas vezes de madrugada, e, quando conseguia se soltar, destruía a casa.

Uma noite J. acordou pensando nos problemas da fazenda. A cachorra latia do lado de fora incansavelmente, asfixiando-se com a coleira, furiosa, como se alguém andasse por ali. Não havia ninguém por ali, claro, o animal podia latir desse jeito para um vagalume, um morcego, para a lua. De repente J. sentiu como se um líquido escuro começasse a se acumular em seu cérebro. Cego de raiva, levantou-se da cama e pegou a espingarda. Quase inconsciente de ódio, saiu para a praia e andou até o poste onde estava o animal. Sem pensar um segundo, desferiu dois tiros na cabeça dela, que retumbaram pela selva, e a cadela caiu morta no ato, como um novelo. Sem dizer nada, J. foi buscar uma pá e caminhou até o curral, onde começou a cavar. Nesse momento Gilberto chegou com outra pá e o ajudou em silêncio. Da varanda, Elena os observou durante um tempo e depois voltou a se deitar.

Esse tipo de explosão, embora tão incisiva, não era muito frequente. A fazenda como um todo parecia um barco que não avançava, que na verdade não ia a lugar algum, mas não era isso o que mais importava para J.; nunca pretendeu ficar rico com ela — sabia que era impossível — nem aspirava a tanta racionalidade num clima tão quente e luxurioso. De fato, ele já vinha fugindo de certa racionalidade vergonhosa, tão estéril quanto a gasolina, o alpinismo social e o alcatrão. Justamente por essa razão, odiava a cerca de Elena, pois era a caricatura de uma caricatura, uma lamentável amostra do que podia chegar a ser a ação humana; por isso se desesperava quando cortavam mal a madeira, porque era duplicar sem necessidade uma loucura — a destruição de uma árvore —, envolvendo-o num torvelinho ridículo de insensatez e morte. Quando perdiam um animal, não ficava tão mal pelo dinheiro que valia, mas porque a fazenda, como negócio, não prosperava; simplesmente um dia sonhara com os currais cheios de gado saudável, sonho normal, afinal de contas, de querer que as coisas crescessem e se multiplicassem.

A única coisa que correspondia às suas expectativas eram os canteiros. A sorte lhes trouxe verões generosos, e Gilberto se apaixonou pelos canteiros, de modo que nunca ficaram sem cuidado e nunca lhes faltou água. Nas tardes, quase sempre sozinho, J. ia olhá-los crescer, os pequenos leques das palmeiras se abrindo, o verde ramificando-se nas laranjeiras. Como estavam a pouco menos de um mês do inverno, podia-se dizer que sua sobrevivência estava assegurada. E de fato estava; seriam transplantados mais tarde — não por J., mas por outro ser humano —, as palmeiras cresceriam altas e saudáveis, as laranjeiras floresceriam e dariam frutos. Uma peste chamada *porroca* viria anos mais tarde e aniquilaria as palmeiras da região. Depois outras pessoas semeariam novos canteiros, os veriam crescer e esperariam estarem prontos para serem transplantados. As palmeiras cresceriam altas e saudáveis outra vez, e dariam frutos: coqueiros na frente do mar, ao fim e ao cabo, quase os mesmos, sacudidos pela brisa marinha.

# 29

Sua preocupação com o gado, porém, não durou muito; o empréstimo afinal venceu e J. não teve opção senão vendê-lo. E, num fim de tarde, enquanto caía uma chuva forte, sentou-se na varanda com uma garrafa de cachaça para assistir ao desfile do seu gado. O capataz do doutor Penagos já lhe entregara o cheque, que ele guardou no bolso da camisa quase sem olhar. Os vaqueiros aos altos brados colocavam o gado nos currais. Uma vez agrupado, o capataz começou a contar o gado — enquanto J. olhava o mar, indiferente. Por fim, J. o viu passar, mugindo e atropelando-se sob a chuva. Quando o capataz, encharcado, chegou para se despedir, J. lhe ofereceu um gole de sua garrafa.

Aquele foi um inverno muito escuro e longo. E, talvez por causa do inverno, ou por ter tido que vender o gado, J. começou a ficar cada vez mais calado. Agora bebia quase todos os dias e as brigas com Elena se tornavam cada vez mais frequentes. Ela também, para escapar da agonia da chuva, começara a beber demais. Quando estavam bêbados, as brigas eram quase sanguinárias, verbalmente endiabradas. Gilberto e Mercedes ouviam como se insultavam e às vezes até se batiam altas horas da noite. E eles sempre tomavam o partido de J. — coisa que Elena sabia muito bem — e ainda diziam que ela não era mulher para uma pessoa tão nobre quanto ele.

Elena começou uma guerra feroz e sem limites contra eles, contra o casario e talvez contra o mundo inteiro. A guerra começava à hora em que acordava e, de um jeito ou de outro, com palavras ou com o silêncio, continuava o dia todo. Para fugir dela, J. inventava viagens a Turbo, onde começava a ficar conhecido em cafés e bordéis por sua simpatia e capacidade alcoólica. Às vezes chegava a passar uma noite no casario ou o dia inteiro com os serradores. Diziam que ele começara a ter amantes e Elena sabia de fonte segura que a mulher de Juan, o lojista, era uma delas.

Dormir com a mulher de Juan foi para J. como mergulhar num pântano delicioso, um lamaçal insondável de esquecimento e morte. Ela era uma pessoa absurdamente imbecil e carnal, uma massa quente de carne lenta e abundante. J. nunca soube, nem se importou, se Juan sabia do que se passava. Sem tomar muito cuidado, apenas uma cautela grosseira, esperava até que ele não estivesse no povoado — com muita frequência viajava a Turbo — para se meter na cama com aquela mulher profunda e diabólica. Às vezes, quando passava vários dias seguidos bebendo, não tinha certeza se aquilo era real; se verdadeiramente estava afundado naqueles imensos mamilos que se esparramavam sobre sua barba, quase o asfixiando, ou se estava no núcleo pantanoso de algum pesadelo sombrio. Várias vezes J. saiu da casa de Juan altas horas da noite e entrou bêbado na trilha selvagem que levava à fazenda. O caminho era escuro, cheio de ruídos e ecos, provavelmente perigoso. No entanto, ele desfrutava de sua bebedeira no meio da mata ("selva, selvinha, selva de merda"), tropeçando, agarrando-se sabe-se lá como na escuridão para não cair, escangalhando-se de rir — um riso claro e muito lúcido que ressoava atemporal no meio da montanha — quando ele rolava por uma ladeira inesperada, se sujando de lama, se espetando, dando pequenas pancadas nos ossos, onde depois apareciam as marcas roxas. Às vezes acabaria dormindo na praia e seria acordado com a luz do amanhecer e o alvoroço dos pássaros; e, talvez tentando adiar o inevitável encontro com Elena, ou porque queria se embebedar outra vez em plena manhã, no meio dos pássaros, na frente de suas ilhas e com o barulho do mar, tomaria um longo gole que fatalmente o levaria a outra bebedeira, na qual, como num sonho, chegaria a uma casa desmantelada onde voltaria a rir aquele riso lúcido, estranhamente divertido e solto, enquanto uma mulher distante começava a insultá-lo.

Quando finalmente conseguia sair de quatro ou cinco dias seguidos de álcool, uma campainha de alerta o levava a querer se recompor, coisa que realmente fazia, com mais facilidade do que se podia imaginar. Retomava o trabalho na fazenda, somava e diminuía números, sempre corretos; se alimentava bem e tentava consertar o quanto fosse possível sua relação com Elena, cada vez mais destruída. Era um processo cíclico de luz e escuridão, semelhante a uma expedição sem volta por mares desconhecidos, nos quais J. sentia — pelo menos durante a bebedeira — que cada vez chegava a patamares em que estava mais sozinho, tornando-se mais vulnerável e livre.

# 30

De modo que, quando houve o incidente da aliança, ele não só tinha deixado de se importar com Elena, como também, metido numa de suas grandes bebedeiras, não se importou com o que ela fez com a espingarda. E mais: ele estava dormindo quando tudo aconteceu e só veio a saber quando já havia passado. Então ele soube também que a partida de Elena da fazenda, ainda que não fosse iminente — ela era orgulhosa —, seria inevitável.

J. ficara bebendo na varanda durante toda a tarde, observando o mar em silêncio. Por volta das seis, se levantou sem dizer uma palavra e caminhou para o quarto, onde desabou na cama e adormeceu. Havia caído uma chuva leve e constante durante o dia inteiro. Ao anoitecer, o céu se rasgou com relâmpagos, a chuva se intensificou, ruidosa, e a casa mergulhou no pandemônio de uma tempestade. Elena, que estava tendo um sonho em que se ouviam gritos e soluços, foi acordada por um raio seco, que parecia ter caído no próprio quarto. Com o estômago encolhido de tristeza, foi até a pia e jogou água no rosto. Depois entrou na loja e se sentou diante da Singer, olhando pela janela. Viu uma cortina de água espessa caindo no mar, viu vendavais súbitos que varriam o ar e afligiam as palmeiras da frente, viu a silhueta das ilhas, difusa e fantasmagórica. Chorou então, no escuro da loja, um pranto contínuo e abundante que pingava de seu queixo e escorria pelo pescoço. Depois, furiosa por ter chorado, limpou as lágrimas com um safanão. "Nada de chorar agora, mana!", disse em voz baixa, respirou fundo, com os olhos fechados, e quando os abriu viu a garrafa.

Já havia tomado quase metade quando reparou na ausência da aliança. Estivera bebendo, sentada no chão, enquanto revisava a pequena gaveta na qual guardava suas coisas. Ofuscado pelo estrondo da água no teto, ouvia-se no fundo o repugnante som do mar. À luz de velas, leu as cartas de J., as cartas que seu irmão lhe escreveu da cadeia, e ficou olhando fotografias de seu casamento. De repente percebeu que estava sem a aliança. Virou a gaveta no chão e começou a procurá-la, esparramando brincos, pulseiras e fotografias por toda parte. Numa espécie de pânico, tirou toda a roupa do baú, desceu os livros das estantes, foi à loja e mexeu em tudo o que podia ser mexido. Mas a aliança não estava lá. "Esses filhos da puta me roubaram", pensou. Voltou para o quarto e foi logo acordando J.

— Acorda — disse enquanto o sacudia —, esses filhos da puta roubaram minha aliança.

J. abriu os olhos, olhou-a sem vê-la, disse algo incompreensível e tornou a dormir como uma pedra. Elena foi ao quarto de Mercedes e a encontrou costurando uma camisa. Gilberto tinha saído.

— A aliança! — gritou-lhe. E, como a outra parecia não entender o que estava acontecendo, foi até ela e lhe examinou as mãos. Mercedes, de fato, tinha uma aliança, a sua própria, de ouro muito fino e bem trabalhado — ao passo que a de Elena era um brilhante medíocre incrustado de modo pretensioso, bem ao estilo de seu ex-marido. Sem pedir licença, Elena começou a escarafunchar por todo lado, jogando roupas no chão e abrindo malas e gavetas. O menino, na rede, acordou com o rebuliço e começou a chamar a mãe, mas Mercedes estava como que cravada na cadeira, as mãos petrificadas sobre as coxas, e não se mexeu.

— Eu vou encontrar, vou encontrar — disse Elena ao sair, e deixou o quarto como se tivesse sido assaltado e Mercedes numa espécie de transe cataléptico.

Dona Rosita estava na cadeira de balanço ao lado da mesa, ouvindo rádio, quando a viu entrar, toda encharcada e desgrenhada, com a espingarda na mão.

— Devolve minha aliança! — gritou Elena.

Depois de uns segundos de surpresa, a anciã, aparentemente serena, disse que não precisava lhe apontar a espingarda, que, se quisesse procurar seu anel ou o que fosse, que continuasse: afinal, ela era uma velha frágil e não conseguiria impedi-la. E ficou se balançando enquanto Elena enfiava a mão por toda parte, derrubando coisas, amassando, quebrando, pisando…

Quando saiu da casa, dona Rosita nem a olhou nem se moveu de onde estava. Elena percorreu o casario com a espingarda na mão, insultando as pessoas, fiscalizando casa por casa e apontando para qualquer um que tentasse detê-la. Mas não encontrou a aliança. Quando saiu do casario, a chuva piorou, o vento dava guinadas horríveis nas árvores e relampejava para todo lado. Com a lanterna na mão e a espingarda no ombro, Elena não sentia a água nem prestava atenção aos relâmpagos. Nem se importaria se caísse um raio. Vinha chorando de raiva, amaldiçoando J., aquele povo e a região inteira. Chegou a casa e começou a beber na loja até que adormeceu, com a espingarda do lado, a testa apoiada no balcão.

No dia seguinte, acordou quando J. a levava nos braços para a cama, e imediatamente começou a chorar. Ele já sabia o que tinha acontecido na véspera, mas não quis perguntar nada nem falar sobre isso. Enxugou as lágrimas dela na própria camisa, acariciou ligeiramente sua cabeça e lhe disse para dormir mais um pouco.

Também no dia seguinte, com muita educação, Gilberto explicou que Mercedes não conseguiria mais trabalhar na casa e que, se fora por J., não iriam embora, mas que talvez fosse precisamente a presença deles que alterava os nervos de Elena. J. disse que lamentava que eles partissem e lhes agradeceu por tudo o que fizeram por ele, mas não tentou dissuadi-los, pois sabia que seria impossível.

# 31

Então chegaram dias intermináveis e tristes. Na casa se falava pouco e o barulho da chuva no teto era constante. Agora Elena tinha que cozinhar e manter tudo limpo, trabalhos que nunca foram dela, mas que sabia fazer com eficiência. J., por sua vez, tentava permanecer fora de casa o maior tempo possível. Apesar de nunca ter jogado na cara dela a história da espingarda, também não se interessou em animá-la. Ficou muito melancólica depois do tal incidente. Gilberto, num gesto de amizade para com J., preocupava-se em deixar um bom apanhado de lenha na varanda todas as manhãs. Sabia que o outro iria encher as mãos de bolhas cortando-a. No casario não houve qualquer mudança no trato com J. Ao contrário, as paneladas com caranguejos chegavam com muita frequência, e a acolhida era calorosa como sempre fora.

Quando ficou sem capataz, a fazenda decaiu consideravelmente. Os cavalos se encheram de carrapatos, a chuva apodreceu muitos canteiros — por descuido de J. com a drenagem — e os serradores se descontrolaram ainda mais. Quando J. ia a Turbo, ou quando ficava vários dias com a mulher de Juan ou se embebedava na fazenda, coisas que cada vez aconteciam com mais frequência, deixava Gilberto encarregado dos serradores. Sem ser brilhante no trabalho, o homem sabia mantê-los na linha e garantir uma qualidade razoável da madeira. Com a saída de Gilberto, o descontrole chegou a um ponto tal que uma vez um carregamento foi inteiramente rejeitado em razão da péssima qualidade e J. teve que voltar de Turbo com tudo. Para aumentar a confusão, nos poucos momentos em que ficava sóbrio na fazenda, J. tentava ajeitar as coisas demitindo pessoas, descontando dos salários ou gritando com os trabalhadores. Algo que eles encaravam mal, é claro, e, numa tentativa amarga e infantil de vingança, acabavam sabotando-o no modo de serrar.

Apesar de sua boa vontade, apesar de sempre ter tentado não maltratar nenhum deles, a verdade é que J. nunca conseguiu gostar dessa gente. Um certo cinismo ingênuo, certas atitudes torpes na relação com ele irritavam-no. Além disso, era um fato que roubavam quando conseguiam, tentavam falsear as contas — para ele e entre si mesmos — e faziam do desacato sistemático uma questão não de defesa, mas de princípio. Sem dúvida que entre os serradores havia os que dom Eduardo chamava de "homens corretos"; mas J. os via chegar em massa, como um pacote inimigo, e, tendo a cabeça embaralhada por tanto agito de álcool e de vida, era incapaz de distinguir os indivíduos no pacote e, se não conseguia fazer aliados, o que dirá amigos entre eles. Um mês depois da partida de Gilberto, quando o relacionamento com os serradores estava chegando a um ponto insuportável, J. conseguiu diminuir a bebida e começou a recuperar o controle da fazenda. No início, foi um controle precário, não porque a madeira não estivesse razoavelmente bem cortada e não se vendesse a um preço aceitável, mas porque os homens pensavam conhecer J. mais do que ele os conhecia, e andavam à espreita, esperando-o baixar a guarda a qualquer momento para atacar. Mas J. não vacilou, fez um esforço violento para manter a cabeça fria e soube se impor. Os serradores — tal como vem funcionando desde que a raça humana se viu obrigada a aceitar ser guiada e subjugada por alguns — acabaram, se não gostando dele, pelo menos respeitando-o novamente.

O trabalho, porém, era muito duro e J. não estava disposto a passar os dias limpando a merda das coelheiras, cortando cana para os cavalos e remendando aramados. Precisava de um capataz. Falou com muita gente no casario e no povoado, mas pelo jeito o temperamento de Elena era conhecido em todos os lugares e ninguém quis aceitar o trabalho, o que só aumentou o peso que ela o fazia sentir — apesar de ter ainda muito carinho por ela e, de vez em quando, conseguirem se entender muito bem na cama.

Da relação tempestuosa que viveram antes do incidente da aliança, passaram a uma trégua mais ou menos fria, mais ou menos amável. Como os dois estavam muito ocupados o dia inteiro, já nem se inteiravam das chuvas pesadas que caíam diariamente. Quase se podia afirmar que J. desfrutava se encharcando até os ossos em suas caminhadas pelo morro para controlar os serradores. Só de vez em quando, em algum domingo ocioso e enquanto viam cair a chuva, procuravam ter conversas moribundas nas quais ela tentava desesperadamente fazer com que J. tocasse no assunto da aliança, para chegar talvez a uma desculpa. Jamais conseguiu. Ele sempre se mostrava carinhoso e tolerante, mas — e isso Elena sentia perfeitamente — na verdade se mantinha distante, indiferente. Era como se lhe estivesse dizendo: "Se quiser ir, pronto, vai; se quiser ficar, está bem, fica. Para mim, tanto faz." Essa atitude a sulfurava, é claro, mas, do jeito que as coisas estavam, não havia opção senão aguentar. Pelo menos tentou enquanto pôde.

Foi aí que chegou Octavio.

# 32

— Estão te chamando — disse Elena.

— Quem?

— Um velho. Está na varanda.

Era de manhã e J. ainda estava deitado. Caía uma chuva leve.

— Pergunta o que ele quer.

— Perguntei, disse que é pessoal.

J. foi até a varanda e viu um homem de uns sessenta anos, de barba e cabelo grisalho cortado bem curto. Usava uma camiseta justa que mostrava a musculatura firme, sem um grama de gordura. Ele tinha um tique de se coçar atrás da orelha, e, quando o fazia, o bíceps ficava definido, largo e metálico, sob o tecido. Seu rosto era grande e maciço; orelhas e olhos pequenos.

Disse estar procurando trabalho; disse também ter ouvido que J. precisava de um capataz. Falava com sotaque de camponês da Antioquia. Quando J. lhe perguntou de onde vinha, explicou confusamente algo ligado a cultivo de café, "nesta mesma região, mas montanha acima", e algo sobre uma briga judicial pela terra, que, tudo indicava, perdera. Quando quis saber com mais precisão do assunto, o velho repetiu a mesma ladainha, e J. entendeu que ele não queria ser muito explícito. Perguntou-lhe então se entendia de madeira e o velho disse ter coordenado serradores na Antioquia e em Córdoba. Não trazia carta de recomendação e pelo jeito não conseguiria trazê-la. Era uma pessoa de poucas palavras, respondia às perguntas pela metade e parava de falar quando achava que o outro tinha entendido o suficiente, ou talvez quando pensava que o outro estivesse entendendo demais. Disse que era casado, tinha cinco filhos e se chamava Octavio Sossa.

— Deixa eu pensar sobre isso, Octavio — disse J. — Passe por aqui amanhã e te dou uma resposta definitiva.

— Feito, dom J.

Nessa tarde J. averiguou um bocado, mas pelo jeito ninguém o conhecia. Isso, por si só, era estranho. O velho parecia ter saído da terra, como um caranguejo, com mulher e cinco filhos. Perguntou a Elena o que ela achava e ela disse que não tinha gostado nada dele. Mas essa era uma opinião que ela tinha muitas vezes e J. não levou em consideração. De modo que, no dia seguinte, quando Octavio chegou, ele ainda não sabia o que fazer. Para falar a verdade, ele também não gostara do sujeito; ele tinha um olhar insolente e meio nebuloso que lhe dava uma sensação ruim. Porém, como a necessidade de um capataz era grande, se pegou dizendo que, se quisesse, podiam fazer um teste de uma semana, para ver se eles se entendiam.

E o outro aceitou.

Era um trabalhador incrível. Movia-se com segurança e inteligência, e parecia conhecer bastante de fazendas. Sem muita hesitação, colocou-se, desde o princípio, como chefe dos trabalhadores, criticando o trabalho deles com conhecimento e fazendo sugestões valiosas. Os serradores logo perceberam que ele sabia como tratá-los e conhecia bem o negócio, e o respeitaram de imediato. Mais tarde passariam também a ter medo dele.

Octavio falava pouco e trabalhava muito. No fim da semana, J. disse que estava satisfeito com ele e que trouxesse a família. Elena voltou a dizer que não gostava do velho, mas J. não quis saber. O homem foi embora e voltou três dias depois com a mulher e os cinco filhos. O mais velho não tinha mais do que dez anos.

A mudança na casa foi imediata — e nada boa para Elena. A mulher era grosseira e preguiçosa, muito mais do que Mercedes, e as crianças, intrometidas e barulhentas.

Como era do interior do país e não sabia cozinhar a comida costeira, eles passaram a comer feijão todos os dias. E até o feijão dela, a menos que Elena se metesse na cozinha — coisa que fazia com frequência —, era ruim, muitas vezes ficava duro, muitas vezes salgado, algumas vezes com pedra. As *arepas* queimavam, a banana carbonizava na frigideira.

— É a mulher mais imbecil que já vi na vida — disse Elena.

Mas pior do que a comida eram as crianças. Os grandes entravam na loja e pegavam doces e leite condensado, os pequenos choravam e defecavam na varanda. Pequenos e grandes cheiravam mal, coisa que não parecia importar minimamente à mãe. Octavio tratava-os com indiferença, como se fossem cachorros, e, quando o atrapalhavam, batia neles de um jeito tão violento que ficavam chorando horas e horas. O ambiente da casa, entre a bagunça da mulher de Octavio e as chuvas constantes, tornou-se sufocante. Porém, como o restante da fazenda começara a caminhar muito bem, J. fazia vista grossa e tentava não se queixar da comida nem das crianças, principalmente na frente de Elena.

Simplesmente tentava permanecer o menor tempo possível na casa.

# 33

Um mês depois de ter começado a trabalhar, e sem consultar ninguém, Octavio retirou a cerca da praia. Um dia J. chegou do povoado e viu os rolos de arame farpado, largos e oxidados, embaixo da varanda. Imediatamente pensou que tivesse acontecido uma briga enorme com Elena, mas ela não tinha dito uma só palavra. Ele se surpreendeu. Não sabia que ela não tomava banho de mar havia muitos dias e que não estava a par do que se passava com a cerca.

Quando J. disse ao velho que não gostou de ele ter tirado o arame sem autorização, Octavio nem sequer tentou se desculpar. Simplesmente comentou que o arame era necessário em outros lugares. J. recordou-lhe então que na fazenda não se podia fazer nada sem sua permissão: Octavio tinha autorização para lidar com os serradores como quisesse, desde que tirassem boa madeira e não derrubassem sem necessidade, mas em todo o resto, "incluindo essa cerca de merda", tinha de consultá-lo primeiro.

— Está bem — respondeu Octavio com raiva. — Como o senhor mandar.

A atitude de Elena para com o velho foi, desde a chegada dele e até a partida definitiva dela, distante e, por motivos incertos, respeitosa. Tentava não brigar com a mulher dele e não se relacionar com ele diretamente. Contudo, mais de uma vez disse a J. que seria bom tentar averiguar de onde ele vinha; ela mesma tentou várias vezes arrancar algo da mulher, mas a outra parecia estar bem treinada e só dava respostas vagas e banais.

Apesar de já ser tempo de começar a diminuir a chuva, a cerração do céu era constante e as tempestades, violentas e longas. Elena queria ir embora, mas lhe dava muita tristeza deixar J. num inverno tão sombrio. Além disso, com a diminuição da bebida, ele estava mais amoroso, relaxando um pouco da frieza cordial que adotou depois do incidente da espingarda. Inclusive chegou a convidá-la para suas visitas aos serradores, convites que ela aceitou muito poucas vezes, pois não gostava nem de entrar naquela selva encharcada, nem da maneira como os trabalhadores a olhavam. Também, e sem nenhum motivo claro, J. deixara de visitar suas amantes — ou pelo menos a mulher de Juan, única que ela tinha certeza de que fora sua amante. O que Elena não sabia era que ele conhecia sua vontade de ir embora, sua decisão de ir, e não queria que seus últimos dias na fazenda fossem corroídos pelo ciúme.

No fundo J. não tinha certeza se queria que ela fosse embora. Ele temia a solidão, temia descobrir que a amava mais do que imaginava ou estava disposto a reconhecer. Mas já tinham se machucado demais, tinham se ofendido em corpo e espírito e, a qualquer momento, podiam se ofender novamente. E, não importava o que dissessem no momento de se separar, ambos sabiam que não voltariam a viver juntos.

Na manhã de sua partida, havia uma luz intensa que irradiava por todos os lados, envolvendo as coisas como se a claridade saísse delas próprias. Ainda que se tratasse só de uma trégua entre os grandes aguaceiros, J. agradeceu que não estivesse chovendo naquele dia. Algumas nuvens de algodão flutuavam sobre o mar, perto da costa. Ao norte, onde o cinza plúmbeo do próximo aguaceiro começava a se acumular no horizonte, acendiam e apagavam — em silêncio, pois ainda estavam muito longe — os relâmpagos. Elena e J., sentados na praia, olhavam para o sul, por onde apareceria, a qualquer momento, a lancha de

Julito. Haviam dito tudo o que tinham para dizer e agora tentavam não pensar e se limitavam a olhar o mar. Viram passar uma fila de gansos-patolas, minúsculos, invisíveis em alguns momentos, mar adentro. As ilhas da frente eram minerais em sua luminosa nitidez vegetal.

— Acho que aí vem a lancha.

No horizonte, de fato, começou a brilhar a pequena luz de uma lancha. Com certa tensão, viram-na aumentar, tentando identificar se era ou não Julito. Quando J. viu o reflexo amarelo do casco, ainda indefinido, soube que era ele.

— É ele — disse.

O barqueiro chegou, efusivo e sóbrio, acompanhado de seu ajudante. Elena não tinha mais do que uma mala; não quisera levar a máquina de costura, em parte porque queria ter a ilusão de que a separação não seria definitiva, em parte porque não queria viajar com algo tão pesado.

Não sabia que não tornaria a vê-la nunca mais.

A lancha então partiu, foi ficando cada vez menor até desaparecer completamente no verde. J. tirou a sandália e começou a caminhar pela praia. Foi até a pequena baía onde Elena costumava se banhar e se sentou num tronco para olhar a água. Não restava nem rastro da cerca. Não havia o mais leve sinal de que ela fora envolta e atravessada ali pelo profundo sol do trópico. Pensou então no quadro na parede de seu quarto, a mulher que se oferecia, de braços abertos, às ondas da praia e ao sol. Pensou na verdade que havia nessas imagens fáceis, parecidas, no fim das contas, com o amor vivido, além de qualquer dúvida, além de qualquer morte individual, na doce letra de um bolero. Por algum motivo não muito claro, lembrou-se da época em que considerava mais importante e verdadeiro um crítico pedante de alguma revista literária do que um motorista de táxi tomando banho com sua família e seu táxi em algum rio fresco e cheio de pedras. "Agora sim, sozinho, mano", pensou, e sentiu o peso de uma leve dor no estômago.

— É a tristeza — disse em voz baixa. — Chegou. Eu sabia que ela ia chegar.

# 34

Naquela noite não quis dormir em casa. Foi para o casario, ficou um tempo conversando com dona Rosa e depois foi para a casa de Gilberto e pediu que o deixasse passar a noite com eles. Dormiu numa rede um sono agitado, despertando a toda hora, pensando em Elena e com vontade de fumar.

No dia seguinte, madrugou para voltar para casa, onde foi recebido com o infinito pranto das crianças e um café da manhã gordurento que o deixou com uma azia feroz. Com o estômago ardendo, entrou na loja, tomou duas pastilhas de Alka-Seltzer e começou a revisar os cadernos. Sabia que os fiados eram muitos, mas nunca pensou que tinham crescido a tal ponto. Os serradores estavam lhe devendo mais do que ele lhes devia; muito mais. "Acabou a festa", pensou. "Não tem mais crédito para esses filhos da puta."

De tarde viu Octavio chegando dos locais de corte; grisalho, reservado, musculoso. Tomaram algumas pingas na varanda enquanto discutiam o problema dos fiados. Ou melhor: J. explicou a ele o problema, e o velho, em poucas palavras, disse que deixasse por conta dele a loja, que ele sabia como lidar com essa gente. J. não soube o que dizer logo de cara; Octavio também não o pressionou por uma resposta. Continuaram bebendo em silêncio por um tempo. Finalmente J. lhe entregou o caderno dos fiados e lhe disse que se encarregasse de cobrá-los, mas que, da loja, ele mesmo cuidaria, pelo menos enquanto estivesse na fazenda. Octavio pegou o caderno sem dizer nada, tomou dois tragos e foi se deitar.

Dois dias depois da partida de Elena, o céu se fechou e começou a chover de novo. J. passava o dia todo descendo pacotes de açúcar das estantes, vendendo cigarros no varejo e recebendo notas com um cheiro adocicado, quase desfeitas pelo uso e pela maresia. Sentia a presença de Elena por toda parte, mas também o alívio de sua ausência. Uma vez encontrou um de seus vestidos e enterrou seu rosto nele, buscando vestígios do cheiro dela.

Octavio tinha uma maneira direta, quase violenta, de cobrar as dívidas. Simplesmente começou a descontar diretamente do que os serradores ganhavam. Soube-se que houve uma discussão muito grave num dos pontos de corte de madeira, da qual tudo levava a crer que o velho saíra vitorioso, pois uma certa manhã apareceram os serradores que tinham dívidas e imploraram a J. — não exigiram nada nem o ameaçaram — que lhes descontasse a dívida em três ou quatro parcelas, já que tirando tudo de uma só vez não poderiam nem comer. J. prometeu falar com Octavio e ver o que se podia fazer.

O velho colocou as coisas nos seguintes termos: se J. quisesse que ele lidasse com os serradores, precisava deixar nas mãos dele. Ele tinha entendido que devia cobrar as dívidas, estava fazendo isso, já havia discutido a situação e não era o caso de voltar atrás; se fosse para voltar atrás, preferia ir embora da fazenda, pois seria muito difícil lidar com o pessoal daí em diante.

— Além do mais, essa gente não morre de fome facilmente, dom J., fique tranquilo — disse por fim.

Outra vez ele pegou J. de surpresa. E a surpresa fez com que ele perdesse a última oportunidade de se desfazer sem risco daquele indivíduo. Por um momento, considerou a possibilidade de mandá-lo embora; depois pensou no quanto o negócio da madeira estava indo bem, no quão mal ele estava de dinheiro e na vantagem de receber de uma vez só o que os serradores lhe deviam, sobretudo levando-se em conta que ele estava bastante endividado com seus fornecedores.

— Vamos fazer uma coisa, Octavio — disse ele então. — Cobre as dívidas que já lhe passei para cobrar. Os novos fiados decido e cobro eu mesmo. Se, entre as dívidas que estão com você, existe algum caso particular em que se possa ceder, vamos dizer que seja pago em três parcelas, eu também decido. Combinado?

O velho ficou um tempo olhando para ele.

— Tenho que colocar a ferradura na égua cinza — comentou e saiu sem dizer mais nada.

Os dias continuaram passando, desagradáveis e lentos. De vez em quando, o sol brilhava sobre o mar e as árvores, e isso aquecia um pouco o coração de J. Depois começavam novamente os trovões, profundos rugidos que tornavam a trazer a chuva. Procurando companhia, J. tentou continuar o livro e anotou nele vários fatos, minuciosamente breves como sempre: que devia manter o novo capataz enquanto não aparecia alguém melhor (Gilberto tinha ido trabalhar com dom Carlos e estava satisfeito); que já não aguentava mais o inverno; que o corte de madeira estava funcionando melhor do que nunca, mas ainda não o suficiente para pagar a Ramiro o que ele lhe devia; que Ramiro viera cobrar os juros da dívida, que se acumularam demais, e que J. se livrou dele como pôde; que dom Eduardo, "muito cansativo com seu Deus, mas pelo menos alguém em quem definitivamente se podia confiar", trouxera-lhe cocos e abacaxis, e que um serrador fora gravemente atingido por uma árvore e que tiveram que levá-lo a Turbo. "Parecia muito mal", terminava. "O mais provável é que morra."

A solidão também o fez voltar a beber demais. Bebia na loja, sozinho, enquanto lia algum de seus livros, pesados agora pela umidade, e ouvia os filhos de Octavio chorando. Bêbado, começava longas e incoerentes cartas a Elena, nas quais dizia com todos os detalhes o que iria fazer com ela quando pudessem voltar a dormir juntos, o quanto sentia falta dela, e o quanto estava feliz de ser deixado por fim em paz. No dia seguinte, as rasgava sem lê-las.

Não conseguiu voltar a se encontrar com a mulher de Juan, porque o homem, vai saber o motivo, não viajou mais para lugar nenhum. De modo que um desejo sombrio e denso começava a lhe tirar um pouco o fôlego quando via as meninas do casario passando na praia. Não teve, portanto, outra opção a não ser deixar a fazenda a cargo de Octavio e viajar a Turbo, nem tanto para levar o carregamento de madeira, coisa que o velho poderia ter feito, mas para ir a um bordel. Ficou lá com Julito, que não desperdiçava nenhuma oportunidade que a vida lhe dava de farrear, e tomou um porre tão grande que torrou quase todo o dinheiro que recebera pela madeira, pagando tudo para todo mundo que quisesse se juntar a eles. No dia seguinte, continuaram na casa de Julito, onde beberam o dia inteiro, ocasionalmente acompanhados por algum amigo barqueiro. Foi um porre sereno e, pelo menos para J., um pouco lúgubre.

De manhã partiram de volta para a fazenda.

A PRIMEIRA VEZ QUE J. se queixou com Octavio do descuido da mulher dele, a cara do velho ficou sombria, mas ele não disse nada. Parecia também não ter dito nada à sua mulher, pois, no dia seguinte, tudo continuava tão bagunçado e sujo quanto sempre estivera. A primeira vez que J. disse algo diretamente à mulher — que por favor tentasse fazer com que as crianças não passassem urinando e defecando pela casa — deu-se conta de que, além de não ter higiene, era meio maluca.

— Eles não têm culpa, senhor — respondeu.

— Eu sei que eles não têm culpa — disse J. — Ensine-os a usar a privada!

E ela começou a chorar.

Escreveu uma carta a Elena contando-lhe detalhadamente a qualidade da limpeza e da comida que agora tinha em casa. Com a partida de Elena, a comida havia piorado ainda mais. Muitas vezes J. devolvia o prato intacto — encontrava uma barata ou uma mariposa no feijão — e precisava abrir uma lata de sardinha para não dormir de barriga vazia. E tinha sempre a suspeita de que um pouco de matéria fecal infantil lhe chegava a cada prato. "É só uma suspeita, mana, que só um laboratório clínico pode confirmar. Seja suposição ou não, a verdade é que, cada vez que me sento à mesa, meu estômago fecha como se fosse uma papoula. Por sorte, do casario me mandam coisinhas de vez em quando, senão, quando quero comer algo comível, vou à casa de dona Rosita e lhe digo na cara que me convide para almoçar."

Octavio e a mulher já estavam havia quase dois meses na fazenda. O inverno finalmente tinha acabado e as noites eram outra vez grandes e estreladas. Nesses dois meses, a mulher não lavara a panela do café nem uma mísera vez. Muitas vezes ouvia-se de noite o velho batendo nela, e ela chorando e rindo. "Me livro deles o quanto antes", pensava J. então. "Ou eles vão embora, ou vou eu."

A ideia de conseguir um bom administrador e voltar a Medellín começava a rondá-lo. Às vezes quase reconhecia que a fazenda não ia a lugar algum, que sem Elena não valia muito a pena e que estava cansado da selva e do ruído do mar. Mas a perspectiva de voltar a Medellín para procurar trabalho, com Ramiro ou alguém como ele de chefe, o deixava arrepiado. Pensava vagamente nos possíveis negócios, casas de *ceviche*, bares, livrarias, mas nada se concretizava. Sem contar que estava com dívidas até o pescoço e tinha de pagá-las antes de pensar em conseguir o dinheiro para um possível negócio. Também não o atraía muito a vida de antes de fugir para o mar, com a já muito conhecida e talvez inevitável rotina de bebedeira e cocaína em apartamentos esculhambados ou rock pesado em discotecas modernas até enjoar.

Às vezes, especialmente durante alguma ressaca extenuante ou bebedeira lenta e solitária na varanda — não gostava de beber com o velho —, via tudo tão nítido e luminoso que chegava a pensar que estava preso para sempre naquela terra. Numa carta a uma mulher que anos atrás fora sua amante, disse-lhe que estava muito solitário e que às vezes sentia que o fim de sua vida chegara. "Mesmo assim, tenho planos de continuar vivendo", acrescentou. "No fim das contas, o mar não é tão ruim e as palmeiras até que são bonitas."

Recebera notícias de Elena contando de seus planos de encontrar um de seus irmãos, que vivia na Venezuela.

Parecia que lá as oportunidades de trabalho eram boas, e o salário dos trabalhadores não qualificados, mais decente do que na Colômbia. Não recebeu uma carta, mas um bilhete curto — estava muito ocupada com os preparativos da viagem — em que ela avisava que estava indo, mandava seu futuro endereço na Ilha Margarita e garantia que, assim que se sentisse mais descansada, voltaria para vê-lo na fazenda. "Te amo", concluiu.

Outros dois meses se passaram, com cartas que iam e vinham — embora cada vez com menos frequência —, e J. continuava num estado letárgico, estático, sem saber se podia ir embora, sem saber para onde ir ou mesmo para que ficar. Perdera a noção da utilidade do que estava fazendo. Tentava justificar sua vida com a satisfação sensual do que aparecia diante de seus olhos, gaivotas, entardeceres coloridos, um veleiro que cruzasse mar adentro. Tentava fugir, bebendo, da incomensurável desordem que reinava na casa. Ainda não conseguira ninguém que substituísse Octavio; pelo jeito as pessoas tinham medo dele e ninguém se atrevia a tomar seu lugar. Surgiram histórias sobre ele, nada boas; falavam do assassinato de um vizinho numa fazenda que ele tivera a três horas de Balboa; falavam que o velho esteve na cadeia de Quibdó, onde esfaqueou e foi esfaqueado várias vezes. Essas coisas todas seriam ditas, como sempre, só depois que tudo tivesse acontecido. Naquele momento, a única pessoa que o preveniu, além de

Elena, foi dona Rosa. Disse-lhe que procurasse ter cuidado com o velho, que tinha um olhar ruim.

J. escreveu uma carta a um cunhado, dono de uma fazenda de cana no Valle de Cauca, perguntando-lhe se não tinha trabalho para ele, talvez na administração das plantações.

Se teve resposta, não chegou a recebê-la.

# 36

Naquela manhã, apesar de ter bebido na noite anterior, J. se levantou cedo. Abriu os olhos de repente e se viu absolutamente acordado pensando que era hora de despachar os serradores e Octavio, de conseguir alguém que cuidasse da fazenda e ir embora de uma vez daquela terra. Quando saiu para a varanda, viu uma iguana verde-esmeralda, tomando sol numa das madeiras do curral. “Não conheço nenhum selo com iguana”, pensou. Pensou no que pensara e percebeu que estava contente. O mar estava liso como um espelho e o som do cair das ondas se ouvia cadenciado, como a respiração de um animal adormecido. "Uma grande fera dormindo", pensou então. "Literatura repetitiva demais e podre. Nada brilhante o homenzinho esta manhã. Mas, afinal, alguma verdade tem nisso."

Estava feliz.

Não quis tomar o café da manhã em casa e foi para o casario, onde lhe deram bananas e ovos fritos. Começava já a olhar as coisas com os olhos de quem se vai. Sentia-se melancólico. Gostava do laranjal do casario, de dona Rosita, das pessoas; gostava do cheiro de fumaça das casas e do cheiro de sabonete das pessoas. Saiu para caminhar um pouco pelo morro, tentando evitar os locais de corte de madeira, e, ao meio-dia, quando passava outra vez pelo casario, apareceu a mulher de Miguelito, um dos filhos de dona Rosita, e o convidou para almoçar. Almoçou, então, com Miguelito, que era extraordinariamente tímido e amável, e depois voltou para casa. Quando chegou e viu a iguana no mesmo lugar, estranhou. Mais estranho ainda lhe pareceu que não tentasse fugir quando se aproximou dela. Não estava fria, tomara sol durante o dia todo e ainda estava quente. Certamente já estava morta quando ele a viu pela manhã.

Às cinco da tarde, foi até a mangueira e colheu alguns frutos verdes. Sentou-se na varanda para tomar sua última garrafa em frente ao mar. "Em menos de uma semana, em

Medellín", pensou. "Ou talvez seja melhor ir logo para Valle, vamos ver o que tem para mim lá." Bebia bem devagar, tentando se embebedar com calma, para não perder o entardecer. Depois veio a noite, grande e com uma lua crescente muito brilhante queimando sobre o mar. Com a noite, chegou também Octavio, que o cumprimentou e entrou na cozinha para que sua mulher lhe servisse a comida. Gilberto, voltando do povoado, passou em frente à casa, e J. pediu que subisse um instante e tomasse uma cachaça com ele.

J. lhe contou que ia embora e que Octavio e os serradores também. Precisava de uma pessoa que pudesse dar uma olhada na fazenda de vez em quando; também queria deixar os cavalos com alguém, que os usasse e cuidasse deles. "De todo modo, tenho que ficar vindo, Gilberto", disse. "De cara, se as coisas dão certo por lá, posso investir uma grana aqui e ajeitar para turismo. Enfim, Octavio de qualquer modo vai embora. Se você conhece alguém que possa morar aqui e manter tudo mais ou menos organizado, trato feito." Falaram em voz baixa, os cotovelos apoiados nos joelhos e as cabeças bem próximas, pois não queriam que o velho os ouvisse.

Gilberto prometeu ajudar no que fosse possível e foi embora.

Às dez da noite, a lua já tinha saído do mar e agora brilhava sobre a selva, iluminando a casa por trás. A sombra da casa se projetava, intensa, sobre o pasto na frente. A luz da lua iluminava a espuma das ondas, que rolavam fosforescentes e iam estourar na praia. J. sabia que essa noite tinha que demitir Octavio. Ouvia-o conversar com a mulher na cozinha. Mas como o velho dormia tarde — dormia pouco, não mais que seis horas —, J. tentava adiar o máximo possível uma conversa que não seria nada agradável. Viu as luzes de um camaroeiro passarem em alto-mar. Ouviu seu som distante. Viu Kaiser passar pela praia, rumo ao casario, e o seguiu com o olhar até que ele se meteu nas sombras do morro. Já tinha tomado mais da metade da garrafa e, com os tragos, a necessidade de se livrar finalmente de Octavio e sua mulher tornou-se compulsiva. Sentia que o estavam enredando, como algas marinhas, puxando-o para baixo e afundando-o numa areia escura composta de algo que lhe era completamente desconhecido. Sentia raiva. Uma pequena nuvem, muito negra, cobriu por um instante a lua, e as sombras da noite se aprofundaram na água. Depois que a nuvem passou, o céu clareou novamente. Ouviu-se um rebuliço de cães do casario.

Conversar com Octavio não era fácil, queria manter distância e a cachaça não parecia ser boa conselheira. De modo que grandes silêncios, como pesadas lacunas, se interpunham na conversa entre um gole e outro. O velho estava sentado, sem camisa, de costas para o mar, numa cadeira apoiada num dos pilares da casa. A luz do lampião iluminava o peito dele, peludo e grisalho, e fazia brilhar uma cicatriz desenhada em sua barriga. Certa vez J. perguntou-lhe a origem dela e o velho disse que era de uma operação no fígado. "O velho fdp é dos que têm o fígado no estômago", pensou J. na ocasião e não quis mais saber do assunto. Agora, sem querer, seus olhos iam direto àquela rachadura brilhante no ventre do outro. De súbito percebeu que estava com medo de demiti-lo. Então sentiu raiva e quis precipitar as coisas e se livrar do assunto de uma vez. — Vou vender a fazenda, Octavio — disse, brusca e secamente. — Preciso que vocês me desocupem a casa, no máximo em três dias, porque tenho que entregá-la.

Tomou um gole e deixou a coisa quieta lá, ressoando como um sino. Por um instante, o velho não disse nada. Parecia apavorado.

— Você não vai vender a fazenda — disse então.

J. olhou as tábuas do assoalho. Sentiu que a raiva lhe esquentava a face.

— É um problema meu vender ou não — disse devagar. — De todo modo, preciso que na quarta-feira você vá embora daqui.

— É o que acontece sempre com vocês, ricos; tiram o sangue de um sujeito e depois o mandam à merda.

— Não sou rico, não estou mandando ninguém à merda e não tirei o sangue de ninguém.

— Você sabe que tenho trabalhado bem.

— Não quero mais saber! — gritou J. — Não tenho por que ficar explicando o que faço em minha própria fazenda.

— Não precisa me humilhar.

— Humilhei nada! Estou farto de você, da porca da sua mulher e de seus filhos. Não quero mais ver merda na varanda. Não quero mais ouvir esses pirralhos de merda chorando.

O velho, muito pálido, pôs-se de pé e desafiou J. a duelar. A situação era absurda. J. pensou que o velho tinha estado o dia inteiro no morro e devia feder a suor. A imagem de Octavio e ele rolando pelo chão, agarrando-se pelo pescoço, pareceu-lhe insensata. Acalmou-se. O medo foi embora.

— Não vou lutar com ninguém, Octavio. Você é muito mais forte que eu e pode me pegar feio. Melhor você ir empacotar suas coisas. Se amanhã de manhã te vejo ainda aqui, vou à polícia e faço você sair na marra.

J. se levantou, passou ao lado do velho sem olhá-lo e desceu as escadas da varanda.

— Você não é homem.

— Deixa de babaquice — disse J., quase com afeto. — Melhor você ir se deitar.

J. olhou as ondas rolando, luminosas. A bebida desceu, fresca e seca, pela garganta. Ouviu a onda voltando, cascavelada e doce. Ele sabia que Octavio entrara em casa. Quando começava a urinar, a primeira explosão ressoou e sentiu que se rasgava e caía. Atordoou-se. Formigamento no braço direito. Olhou para sua camisa e viu que estava encharcada de sangue. "Meu Deus!", disse. Tentou se levantar, mas seu braço direito não conseguiu sustentá-lo e tornou a cair na grama. Apoiou-se no braço esquerdo e conseguiu ficar de pé. Náusea. Quando tentou sair correndo, ouviu o outro disparo e caiu de novo na grama.

— Meu Deus — disse então. — Me mataram.

Ficou um instante imóvel, olhando as folhas da grama. Virou a cabeça e viu Octavio em cima, na varanda, com a espingarda na mão ainda soltando fumaça.

— Isso acontece com quem humilha os pobres.

— Octavio, preciso de um médico.

Mas o velho já tinha ido embora. Trancou sua família num quarto, com cadeado, e foi ao casario para avisar que havia matado J.

— Octavio, um médico.

Sua respiração começou a se encher de chiados. A mulher e os filhos choravam no quarto. Os galhos cruzavam na cara do velho, que caminhava pela trilha como um louco, apontando a espingarda na escuridão.

— Um médico — disse J.

Já nem tentava se levantar. Sabia que não ia conseguir. Olhava as ondas que rolavam, luminosas, e ouvia o camaroeiro sussurrando mar afora.

— Ai, Deus!

Salomón chegou e lhe disse que, com o inverno, ia chegar a pesca de verdade. Quando abriu os olhos, Salomón se foi e as ondas rolaram, luminosas. Pediu outra vez por um médico. Fechou os olhos e de novo Salomón lhe disse que, com o inverno, ia chegar a pesca de verdade.

Foi a última coisa que ouviu de um ser humano.

Quando o refluxo da água se foi, cascavelado e doce, ele já não podia ouvi-lo.

Octavio voltou, seguido pelas sombras das pessoas — ninguém se atreveu a se aproximar dele — e foi até onde ele estava, agora imóvel e muito branco. Carregou-o como quem carrega uma criança adormecida, subiu com ele até a varanda, entrou no quarto e o jogou na cama. Depois tomou o caminho do povoado.

Ia se entregar.

# 37

O PRIMEIRO PARENTE QUE CHEGOU à fazenda foi Guillermo, dois dias depois. Encontrou J. sobre uma mesa, escurecido e inchado. Quando o viu, seus testículos começaram a tremer. Dona Rosita, que lavara o cadáver e o velara por duas noites, disse a Gilberto que desse a ele uma aguardente. Guillermo tomou e desandou a chorar, sentado em algum canto, com a cara entre as mãos.

— Precisamos enterrá-lo — disse quando se acalmou. — Vai apodrecer.

— Dom Eduardo já lhe pôs formol — disse Gilberto. — Talvez aguente até amanhã. Vão trazer um caixão?

Guillermo não sabia. Ele tinha avisado à família, mas achava que trazer um caixão de Medellín podia demorar demais. E ele não tinha dinheiro para trazê-lo de Turbo.

No dia seguinte, chegou um irmão. Não olhou o cadáver. Muito pálido, sem uma lágrima, pediu à polícia que fizesse o inventário das coisas que não tinham sido roubadas, e ele pessoalmente guardou-as num quarto e o fechou com cadeado. Disse que trazer um caixão de Turbo era uma estupidez, e além disso não havia mais tempo.

— O melhor é tentarmos fazer um caixão aqui mesmo. Pegue umas tábuas… como é seu nome?

— Gilberto.

— Pegue umas tábuas boas, Gilberto, e façamos o caixão aqui mesmo.

Porém não havia tábuas. Procuraram em toda parte e não encontraram nada que servisse. O irmão disse que o melhor seria desmontar a cama para fazer o ataúde. Fez com que queimassem o colchão na praia. Gilberto desmontou a cama, escolheu as melhores tábuas e começou a procurar pregos para juntá-las. Mas também não havia pregos. Gilberto endireitou então os que tirara da cama e começou a martelar o ataúde. O resultado foi um caixão grande e feio, que parecia feito para qualquer coisa, menos para guardar um morto.

Miguelito e Gilberto, enquanto os outros iam a pé, começaram a remar. O mar estava calmo. Os braços entravam, ritmados e musculosos, na água escura. Os homens não falavam. O caixão com o morto ia entre Miguelito, na proa, e Gilberto, na popa. Passaram a menos de dez metros de uma das ilhas. Quando dobraram a pinça do golfo, viram as pessoas, minúsculas dali do mar, que haviam saído da trilha e caminhavam pela praia. Atracaram a canoa na frente do cemitério e, com a ajuda de todos, tiraram o ataúde. O sol do meio-dia fazia a areia da praia brilhar.

E, com a ajuda de todos, o enterraram.

Nesse mesmo dia, ao entardecer, um entardecer muito lento e colorido, Guillermo sentiu uma fisgada profunda no estômago. Era fome. Caminhou devagar até a mangueira, pegou a vara que J. costumava usar para derrubar mangas e derrubou três frutas maduras. Sentou-se sob a imensa folhagem, na serapilheira, e começou a comer. "Mel, mel puro", pensou enquanto o suco entrava nos pelos de sua barba e escorria pelo pescoço.

— Malditas, tão deliciosas.

# 38

NÃO SABE ONDE ESTÁ NEM quando foi sua morte. Ele está morto. Não ouve a brisa roçar os galhos das árvores, nem o mar respirar a seu lado; não sente os pescadores passarem diante de seu túmulo, deixando a pegada dos pés descalços na areia e um cheiro de tabaco no ar. O tempo que havia antes de nascer se uniu ao tempo infinito que veio com a morte e formou um só ser, sem acima nem abaixo, antes ou depois. Não sabe quem agora possui sua terra. E amou-a tanto! Existiu? Existirá um caminho? Ele não sabe; a estranha flor de seu cérebro secou e para ele já não existe a memória. Perdeu-se para sempre na grande coisa que ali estava e sempre esteve, um ser absolutamente remoto e presente, ser que é só água ainda que saiba florescer em amor, horror, inteligência e desejo; água que floresce em beleza, sangue e compaixão por mais que permaneça sempre água.

E, enquanto suas bochechas se desfazem — seus ouvidos colapsam, seu coração se entrega a outros seres —, o sol, o sol também é fugaz e não deixou de brilhar sobre outras vidas. Sobre os macacos que pulam nos galhos. Sobre os touros que ruminam seu próprio peso sem cessar. Sobre as gaivotas que batem asas no ar com seu ruído branco. Sobre os homens que comem mangas sob as árvores.

Mas ele já não sabe disso. Não consegue ouvir o som da areia que, num relógio desordenado, os caranguejos mexem através e ao redor de seu túmulo. Não pode ouvir o som da água, também desordenada em sua infinita medida de sal e espuma, quando vem a maré e leva de novo para o mar a areia que seu corpo vai formando. No princípio era o mar. Tudo estava escuro. Não havia sol, nem lua, nem gente, nem animais, nem plantas. O mar estava em toda parte. O mar era a mãe. A mãe não era gente, nem nada, nem coisa alguma. Ela era o espírito do que viria e era pensamento e memória.

Este livro foi composto na tipografia Minion Pro,
em corpo 12/17 e impresso em papel off-white
no Sistema Cameron da Divisão Gráfica
da Distribuidora Record.